葡萄牙人的神秘帆船之旅

[葡萄牙] 安娜·玛丽亚·马加良斯　[葡萄牙] 伊莎贝尔·阿尔卡达　著

杨　阳　译　[葡萄牙] 鲁伊·索萨　[葡萄牙] 索菲亚·杜阿尔特　插图

江苏凤凰文艺出版社
JIANGSU PHOENIX LITERATURE AND ART PUBLISHING

图书在版编目(CIP)数据

葡萄牙人的神秘帆船之旅 /(葡)安娜·玛丽亚·马加良斯,(葡)伊莎贝尔·阿尔卡达著;杨阳译. —南京:江苏凤凰文艺出版社,2022.5
ISBN 978-7-5594-6762-1

Ⅰ.①葡… Ⅱ.①安…②伊…③杨… Ⅲ.①儿童小说-长篇小说-葡萄牙-现代 Ⅳ.①I552.84

中国版本图书馆 CIP 数据核字(2022)第 059062 号

葡萄牙人的神秘帆船之旅

[葡]安娜·玛丽亚·马加良斯 [葡]伊莎贝尔·阿尔卡达 著 杨阳 译

出 版 人	张在健
责任编辑	唐 婧
插 图	[葡]鲁伊·索萨 [葡]索菲亚·杜阿尔特
责任印制	刘 巍
出版发行	江苏凤凰文艺出版社
	南京市中央路 165 号,邮编:210009
网 址	http://www.jswenyi.com
印 刷	江苏凤凰数码印务有限公司
开 本	787 毫米×1092 毫米 1/32
印 张	4.125
字 数	74 千字
版 次	2022 年 5 月第 1 版
印 次	2022 年 5 月第 1 次印刷
书 号	ISBN 978-7-5594-6762-1
定 价	51.00 元

江苏凤凰文艺版图书凡印刷、装订错误,可向出版社调换,联系电话 025-83280257

目　录

第一章　高深莫测的老师 …………… 001
第二章　惊喜课堂 …………………… 006
第三章　"黑船"船舱 ………………… 013
第四章　"黑船"之旅 ………………… 020
第五章　中国海域 …………………… 026
第六章　半个金色核桃 ……………… 035
第七章　澳门聚会 …………………… 043
第八章　珠江 ………………………… 050
第九章　广州集会 …………………… 058
第十章　无法拒绝的提议 …………… 062
第十一章　旭日之国 ………………… 068
第十二章　长崎任务 ………………… 077
第十三章　军阀 ……………………… 085
历史信息 ……………………………… 094

第一章　高深莫测的老师

上午最后一节数学课让全班同学都有一种恍惚感,因为老师跟大家告了别,而且是用枯燥、疏远、坚定的方式说了再见。

"在你们离开教室之前,我想通知一下:我不会再教你们了。"

这个"惊喜"让学生们噤口不言。他们从来没有与这位满头银丝、蓝色双眸的女士产生过任何一种共鸣。她从来都只是单纯地讲解教材,不给大家留任何讨论主题内容之外的空间。当她偶然在课间与学生们擦肩而过时,她也只是点点头,幅度小到几乎难以察觉。然而,学生们不能否认她教得不错,但她并不留意或者她宁愿不留意:总有几个跟不上她讲课节奏的学生,也正因如此,他们考试才会不及格。可是,也不乏有人能得到高分,比如:阿伊达和托马斯。高分生们尊重她,有时候甚至因为其他同学们对她的抱怨而愤愤不平。不过,尊重是一码事,友谊完全是另一码事。当她头也不回地离开了教室,讨论即刻就炸开了,几分钟后就演变成了激烈的争论。

"我们终于摆脱了她，"罗密欧彰着满足地感叹道，"太幸运了！"

"或者是太倒霉了！因为会有人来接替她，有可能会更差劲，甚至都有可能没法儿帮我们备考。"托马斯立刻情绪激动地反驳罗密欧，"也许她的离开就是你的错。"

"我的错？凭什么？"

"因为你就没消停过，总惹她生气。老师们也不是铁打的，早晚忍无可忍。"

两个男孩儿隔着几张桌子争得面红耳赤，而且已经不只是他俩了，辩论已经遍及整个班级，所有人几乎都同时在讲话。当他们走出教室门时，有些人兴高采烈，因为可以休息好几天；有些人则忧心忡忡，因为这可不是一门容易自学的科目；有些人则很充满好奇，因为直到那天之前，还没有任何迹象表明数学老师要离开。

"你们觉不觉得她可能搬家了，然后申请转去离她家近的学校？"

"有这种可能性吧。不过，也可能她早就受够我们了。"

"我们没有那么惹人嫌吧。"

"你不是，但有些人是。"

阿伊达低着头走在前面，若有所思。她又往前走了两步，停了下来，对离她较近的同学说：

"她有白头发，不是吗？"

"是的呀,那又怎样?"

"那么,她又不是初出茅庐,应该早就教过比我们更好和更差的学生了。她不会因为罗密欧那些愚蠢的玩笑而放弃一切的。"

托马斯以友好的姿态搂着她的肩膀。

"一如既往地明智,阿伊达,你说得有道理。但你忽略了一个小细节。人们到了一定的年龄后,就有权退休了。也许她就是退休了。"

当天下午,他们发现托马斯竟一语中的,因为班主任告知了他们实情,而且她对短期内找到新老师不抱希望。令全班同学惊讶的是,第一个喊出声来的竟是罗密欧。

"年级主任已经做了一切可能的工作,尽量让你们不错过任何课程。但是雇用教师也必须要有感兴趣的教师应聘啊,而到现在为止,还没有任何人出现。"

这个解释使学生们感到不安,以至于他们一致保持沉默,估计都在思考着同一件事:"从未想过这种事情竟会发生。"

第二天,也就是星期六。学生们都去度周末了,他们相信问题会在几天内得到解决,然而星期一却没有任何消息。日子一天天过去,他们开始担心起来,家长也开始忧心此事。有些人找家教补课,另一些人则埋怨说他们负担不起补课费,再不发复习材料的话,考试无疑将是一场灾难。

那天,当学生们知道空缺终于被填补时,大气中都带着电光,悬着非常厚重、低沉的黑云,大雨一触即发。第一道闪电以"Z"字形划过天空,不久之后便是轰隆隆的雷声。学生们都望向窗外,水绳般的暴雨鞭打着颤抖的玻璃窗。大自然提供的意外景象让学生们无法看到新数学老师进入教室,而他也没让自己被注意到,只是把公文包放在讲桌上,静静等待着。

几秒钟后,学生们直起身来,惊讶地盯着他们面前的这个人,因为他看起来和学校里其他的老师完全不一样。他个子不高,身子有些单薄,长着黑且直的头发,有着东方人的特征,可能是位中国老师。他的神秘表情令人好奇,他的姿势体态令人印象深刻。然而,他身上还有一些难以定义的东西。当他讲话时,并没有刻意提高声音,而学生们也非常安静,几乎处于绝对沉默状态,似乎像被催眠了。罗密欧甚至连眼睛都不眨一下。

"我叫佩德罗·孙。"他用清晰的葡萄牙语讲道,不带丝毫口音。

在继续上课之前,他先看了看学生们的脸,目光快速地扫过他们每一个人,似乎准备选择一个人来执行某项任务或者测试。他的神态和姿势并不像是一个数学老师,反而更像一个即将发出口令的体育老师。

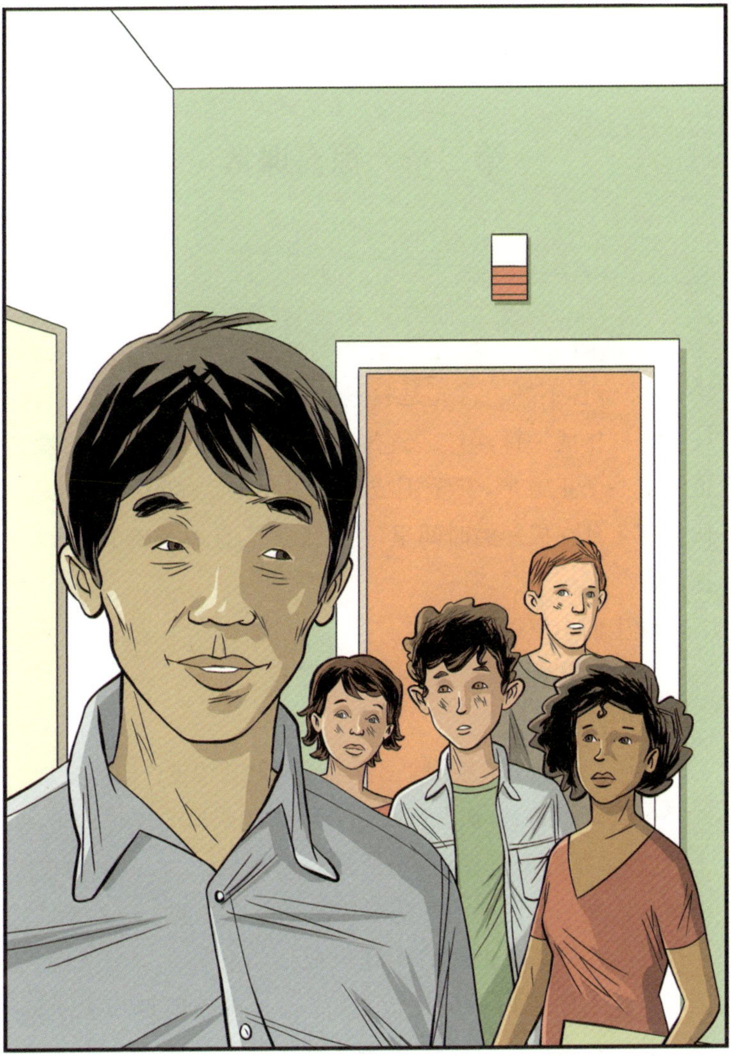

第二章　惊喜课堂

接下来的几堂课,学生们在与佩德罗·孙老师的接触中,一直惊喜不断。首先是教室的空间改变,前一天课桌像往常一样排成一排,第二天它们就会靠在墙上,或围成一圈,或围成一个正方形,甚至围成一个三角形。而最特别的是,佩德罗·孙在极短的时间里,几乎无声无息地完成了桌椅的摆放。

学生们小声议论着:

"我都不明白他是怎么做到的。"

"我也不知道。"

"我也不知道是为了啥。"罗密欧强调着说道。

令人好奇的是,在没有听到任何这些或那些评论的情况下,这位老师盯着罗密欧,最后居然解释说:"良好的空间组织对于人类的任何活动都是不可缺少的。"

一个在同学们的讨论中还未成型的解答让罗密欧感到困惑。他不知道该做何反应,只能含含糊糊地点头表示同意。其他人也很惊讶,阿伊达忍不住想弄清自己的疑问。

"令我们困惑的是：老师您很快就改变了一切。拖动桌椅也需要时间啊。"

他瞥了她一眼，表情难以捉摸，然后只说了一句：

"时间是相对的，它取决于观察者。"

随后他笑了笑，重新开始了他所讲的话题。全班同学都聚精会神，受益于桌椅的不同排列，他们不能否认这样学得更好。但在每个人的脑海中，还有一个想法正在生根发芽：那就是老师除了知道很多东西、在教学方面很出色之外，还有一种不可见的、神秘的力量。同学们相信只要冷静和耐心地接触他，他们就能发现。人们变得亲密的最好方式是交谈，所以他们中的一些人开始缓慢地收拾书包，以便在课程结束后能够与佩德罗老师谈论各种话题。例如：足球、天气预报还有电视节目。当他没那么疏远时，阿伊达终于开口问了他到底是中国人还是葡萄牙人。

"我出生在澳门，我的母亲是葡萄牙人，我的父亲是中国人。"

佩德罗半微笑的表情并没有阻止托马斯的追问。

"那您在那里还是在这里长大的啊？"

"在那里和这里。我在澳门的葡萄牙学校学习到12岁，然后全家搬到葡萄牙我祖父母居住的城市雷里亚。我完成学业后，就来了里斯本，然后一直到现在。"

"不要告诉我们大家你要走了！"

阿伊达的感叹让大家都直起了腰，做出准备挽留他的姿

势。随后他用自己那种神秘的表达,结束了这次聊天:

"我们可以离开我们生活的地方,但那些地方永远不会离开我们。"

他向学生们挥了挥手,没有做进一步解释就离开了教室。一些同学对这句话的含义以及他说话的动机进行了辩论。走廊里,罗密欧提出了一个假想:

"你们不觉得他说这些话是为了表现得很有新意吗?"

托马斯的观点认为:"他不需要表现得很有新意,因为他本来就很新意啊!"

女孩们强烈赞同。

接下来的一周,同学们进行了一次测试,对大多数学生来说,测试很顺利。只有菲莉希亚有些失落,因为她确信这次考试成绩会像往常一样不及格。她果然没错。然而,她看到老师并没有像往常一样责备她的不用功,而是平静地询问她是否知道无法取得好成绩的原因。她耸了耸肩,但佩德罗·孙并没有放弃。他严肃地站了起来,耐心地等待着她讲出她的想法。老师表现出的耐心和尊重让全班同学都目不转睛地盯着他看。菲莉希亚一冲动便说出了她的真实想法:

"我对数学一点都不感兴趣,其他科目也一样。我不喜欢学习,在学校学的东西对我也没有用。我只想当演员。"

老师的脸上出现了比平时更神秘的表情。他的眼周都涌出了小皱纹,眉毛也簇在一起,嘴唇都有些失色。然而,他

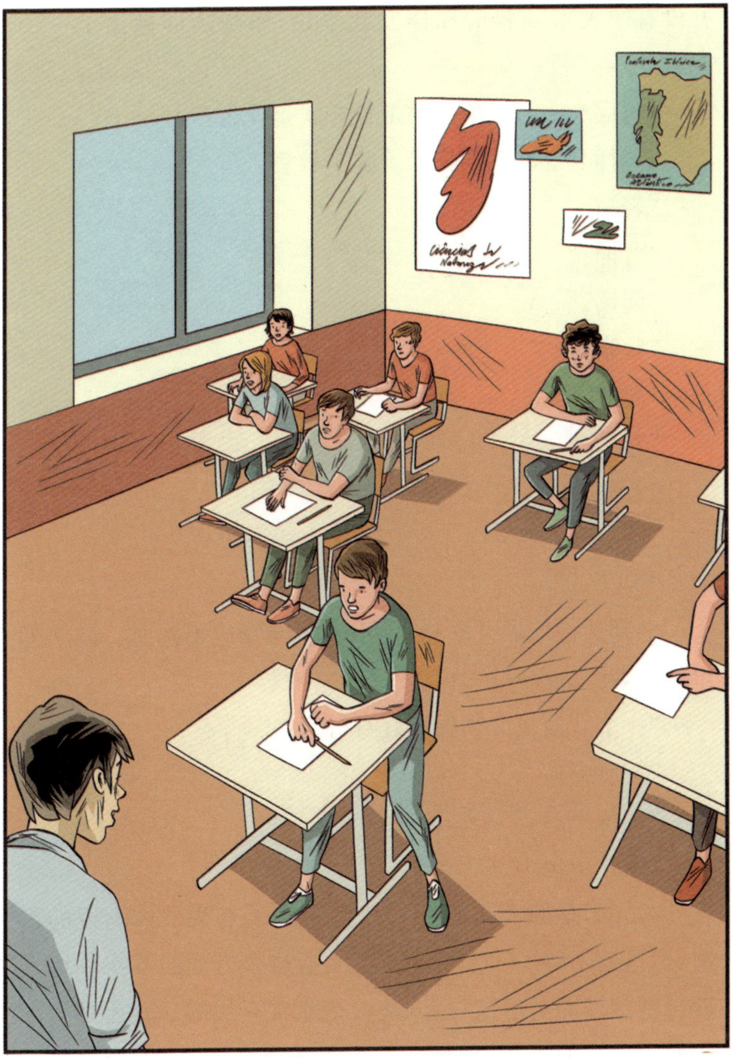

并没有像大家预料的那样发起争论,而是随即抛出了一个问题。

"想成为一名好演员的最佳方式是什么?"

霎时间,一波动词充斥着整个教室。

"表演。"

"背诵。"

"阅读。"

"观察。"

"思考。"

"对话。"

"假装。"

"哭。"

"笑。"

老师让他们展开联想,但不表示同意或不同意。同学们继续说着:

"一个女演员必须保持好身材。"

"控制身体。"

"训练声音。"

"强化记忆力。"

"是的,是的,"佩德罗·孙终于点了点头,"你们说的都对,但这还不够。一个女演员必须通过多方面的基本训练来获得智慧。而对于这一点,学校是非常有用的。她还必须了解她所生活的世界,以便能够扮演各类角色;不应局限于当下。例如，需要了解历史，以便能够在描绘其他时代的戏剧、电影或系列片中成功诠释角色。换句话说，你必须充实你的精神，因为虚空的精神世界不会带你走得太远。

学生们惊讶地盯着他，因为他所说的一切都不涉及学习数学的必要性。佩德罗·孙明白他们在想什么。他带着那种早已经习惯了的似笑非笑，以一种令人惊讶的方式结束了这个话题。

"学习是重要的，但远远不够。人们必须有开放精神：观察、了解、欣赏。世界正等着你们。去旅行吧！"

"旅行需要时间和金钱。"菲莉希亚反驳着说道。

"你是对的。当你们还不具备出门旅行的条件时，可以利用替代方案。有些地方是对公众开放的，值得去探索。我马上给你们两个地址，你们可能会感兴趣。"

他看了看时间，该下课了。于是，他转向黑板，写下：

CCCM[①]-荣奎拉街30号
MNAA[②]-绿窗街

然后他把文件整理进公文包里便离开了。学生们把文件夹塞进背包里，也纷纷离开了。有些同学们对老师的建议

[①] CCCM是澳门科学文化中心的葡萄牙语首字母缩写。
[②] MNAA是葡萄牙国家古代美术馆的葡萄牙语首字母缩写。

进行了猜测和评论，觉得应该无外乎是一串密码；另一些同学们则在谈论下午将要展开的各项活动。阿伊达和托马斯很巧在学校大门口又看到了孙老师，他正向停车场走去。他们向他挥手致意。在上车前，老师提醒他们道：

"明天是星期六。如果你们可以的话，请到我推荐的其中一个地方去看看，两个地方都会提供绝妙的体验。"

第三章 "黑船"船舱

阿伊达和托马斯住在荣奎拉街附近。他们立即上网查找该街30号究竟是个什么样的地方。随后,他们发现那地方听起来并不吸引人。

"澳门科学文化中心?我不认为它能提供任何绝妙的体验。"

"至少对我们来说不会。但老师出生在澳门,也许那儿就是他一解思乡之苦的地方。"

"你这么说我倒是很好奇,我想看看怎么在一个科技中心一解思乡之苦。"

"如果你想去的话,我们就速速地看一眼。"

"好啊!明天午饭后,我们就去那个CCCM。"

大约是下午三点,他们沿着荣奎拉街散步,本打算访问绝不会浪费超过十分钟的时间。但一切都没有按他们的计划进行,因为30号的大门并不是通往某栋建筑物,而是通往一个下穿隧道,佩德罗·孙老师竟在隧道里。他身着黑衣,一如既往地严肃和神秘,比任何时候都更像一位武术师傅或者大师。

他们惊讶着向他打了招乎。孙老师示意他们进来,并说道:

"我在等你们。我确信你们会来。"

他们没有人敢问为什么,跟着孙老师穿过隧道,然后又穿过一个内部花园,那里生长着棕榈树、香蕉树、竹子和其他植物。最后他们穿过一栋涂成黄色的老建筑的宽阔大门,里面有一段巨大的红色台阶的楼梯,然而他们并没有走上去。

老师从口袋里拿出一个核桃形状的金球,上面刻着一个十字和两个小孔。他在手指间转了转,对半打开了它,递给他俩每人一半,并建议说:

"如果你们碰巧迷路了,只要把这两部分扣在一起,就能找到回来的路。"

"它是一种 GPS[①] 吗?"托马斯问。

"在某种程度上是的,因为它具有相同的功能:指路。"

他说话时并没有笑。从他黑黑的眼睛里,流露出一<u>丝丝</u>短暂的反讽意味。

"进来吧,进来吧! 你们会喜欢这种体验的。"

他们俩觉得那栋建筑的内部应该像一个错综复杂的迷宫,以至于需要一个工具帮助才能认路。随后他们绕过楼梯,最后他们走到了一间沐浴在柔光下的狭长大厅,那里陈

---

① GPS 是全球定位系统的英语首字母缩写。

列着一个巨大的黑色船体模型,船体内部也清晰可见。除了装满箱子、麻袋、木桶和其他货物的船舱,以及容纳船员和乘客的许多房间外,还有好几层放在船舱上面的微型人物。他们都穿着老式的衣服,用旧式葡萄牙语相互交谈。阿伊达和托马斯仿佛可以听到他们在说什么,在他们的脑海中一句接一句地浮现:"一路上,不是强风就是巨浪袭击……我已经航行了二十多年了。"阿伊达和托马斯也说不清在那里停留了多久,但他们开始感到头晕目眩,肌肉松弛。阿伊达一把抓住了托马斯的胳膊,托马斯也试图抓住阿伊达。然而,他们在失去意识前看到的最后一幕就是佩德罗·孙老师的神秘笑容。

重新获得意识需要时间,而且并不容易。阿伊达觉得闷热得有些奇怪,因为没有光线,她也不知道自己在哪儿。她摸索着,发觉自己似乎躺在一个草垫上。她着急地叫了起来:

"托马斯!你在吗?托马斯!"

"我在,"他用微弱的声音回答道,"但我看不到你。"

下一秒,他抓住了她的一只脚。

"是你吗,阿伊达?"

"是的,是我。"

渐渐地,他们的眼睛习惯了黑暗。他们起身坐直了身子,在昏暗中渐渐分辨出了彼此的身影。他们蜷缩在类似于船模上的麻袋间,但一切却是真实的大小。

起初,他们两个人都想到了:也许他们正在经历老师说的那种不可思议的绝妙体验。

"这一定是个小把戏。"阿伊达结结巴巴地说。

"一个魔术?"

"不,应该是科学的。"

"并不存在什么科学把戏,只有科学实验。"

"也对。也许这个中心早就准备好了一切,而且可以营造一种错觉:模型变成真的,然后还可以乘载访客。"

"如果是这样的话,那就非常逼真了,因为地板都摇晃得很厉害。"

"而且你还可以听到木头的吱吱声。"

"只是很遗憾,他们把访客关在地下室。"

"我也这么觉得。他们本可以给我们安排一个舒适的客舱。"

"我也希望如此。但也许这样是为了迫使人们寻找这艘船的出口,而这正是我们现在要做的。"

托马斯站了起来,环顾了一下四周。

"一定会有一个梯子,我们找找看。"

"就在下面!"阿伊达一边说着一边指着一些没有扶手的垂直木制台阶。台阶的尽头是一个方形的洞,看起来很不美观。

"我不知道我爬不爬得上去。"

"你可以的。来吧!让我们互相搭把手。"

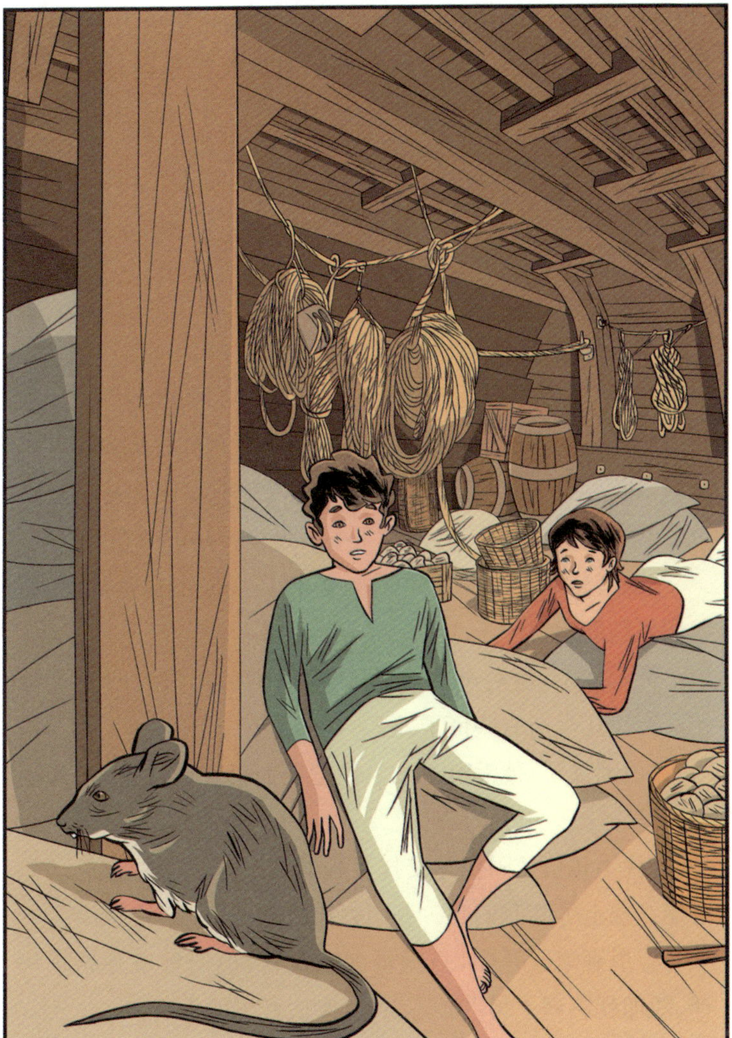

托马斯拉着阿伊达的手,在麻袋、木桶和箱子中踱步,尽量不被绊倒或跌倒,因为他们脚下的地面摇晃得越来越厉害。当他们即将到达第一个台阶时,摇晃力之大,几乎将他们晃倒在地。

"小心!抓住!"

"抓哪儿?"

"抓绳子!这儿有根绳子!"

事实上,在梯子旁边,挂着一根粗绳。

"佩德罗老师,"他们合唱般地喊道,"帮帮我们!"

就算有回答的话也被强风和怒涛的强烈噪音淹没了。

"托马斯!"阿伊达结结巴巴地说,"我不知道这是不是一个非常真实的虚拟体验,或者是……是……是……"

"或者是通过某种未知的技术,模型变成了真正的船,而我们正驶向远方。"

惊愕之余,他们再次向老师求救,但依旧没有听到老师的声音。托马斯有些慌了。

"他消失了,他没有过来。他把我们扔在了这里,他却没有来。"

"我不相信,"阿伊达安抚着她的朋友并说服着自己,"他可能在楼上等着我们呢。我们去找他吧。"

胃里翻滚成一团,只觉得天旋地转,他们重新开始爬楼梯,随即就感到了另一种不舒服:脚底板下的木头。

"我们光着脚啊。"

"这不重要。一会儿我们就去找鞋子。"

"现在上来吧,托马斯,上来!"

他们从下层的船舱走到另一个船舱,同样黑暗,而且堆满了板条箱。他们路过一个肯定被用作卧室的区域,因为那里有许多长长的架子,上面放着毯子和类似枕头的布袋。最后,他们终于走到了甲板上。阳光刺得他们睁不开眼,一波更猛烈的海浪打在船体上,把浪花的泡沫都溅到了他们身上。他们本能地擦了一把脸,但嘴里还残留着一股难以言喻的咸水味儿。阿伊达和托马斯还昏昏沉沉的,他们紧紧抓住一根桅杆的底部,四处张望着。他们看到的情况让他们目瞪口呆。老师就在那儿,穿得很奇怪,而且还要乘以六,因为他们面前有六个特征相似的人。

他们两人的第一反应是惊恐,第二反应是又看到了些许希望,因为从始至今都没有办法将有血有肉的人进行复制,但如果是在虚拟世界,那就有可能了。

"我们正是创新技术实验的小白鼠,"托马斯总结道。

"佩德罗·孙老师究竟为什么会选择我们呢?"

"最好的办法就是去问问他本人。"

他们信心满满地走近那群长相相似的人,试图从六人当中找出真实的那一个。整个过程都变得有趣了。

第四章 "黑船"之旅

然而失望是巨大的。实实在在的惊恐几乎将他们石化。原来那六位只是长得很像,而他们很快就意识到老师并不在其中。而此时阿伊达和托马斯身处人群之中,每个人或在聊天,或忙着做事儿。水手们都光着脚,穿着宽松的衣服,头上戴着四角帽。牧师们则穿着黑色长袍,有些人胸前还挂着十字架。还有其他不同长相的人,穿着各色的高档衣服,几乎都穿着靴子,或几乎都留着大胡须或八字胡。这群人中最高大的一位穿着深色衣服,肩上还扛着一只长尾巴的小猴子。

穷人或富人,工人或乘客,都可以从他们的肤色、特征和发型上看出来。很显然,他们来自世界各地。此时,阿伊达和托马斯在甲板上转来转去,显然没有人觉得他俩奇怪,甚至根本就没有人注意到他们的存在。

"我们是隐形的吗?"

"不,我们就跟他们一样。机器把我们投射到这里,不管它是什么样的机器吧,反正把我们打扮得像水手,这就是为什么我们光着脚。"

托马斯低头看了看自己，意识到情况应该就是如此。

"那他们完全可以顺道把我们打扮成重要人物！"

"也许不行，"阿伊达说，"因为我发现船上没有女人。如果真的没有的话，那我最好戴顶四角帽盖住我的头发。"

海水平静了下来，太阳也渐渐变暖，湿热的空气在消耗着他们的力气。他们一直静静地靠在桅杆上，观察着船上的活动。作为水手，船上的活儿确实很累。他们得清理甲板、卷起绳索、爬上桅杆、调整船帆、服从命令，还得不停地忙碌着才行。

"如果我们不离开这里，他们就会让我们去工作的。"

"对我来说，这种异国情调的体验已经足够了。我们走吧，托马斯。"

"怎么走？"

"用佩德罗老师给我们的装置。现在我知道它的作用了，我们必须把两半合在一起。"

阿伊达把手伸进口袋里，她的心紧紧地揪着。她担心那半坚硬的金核桃随衣服的变换而消失了，但那半块还在。她抚摸着它，然后把它拿出来，安全地放在了指间。

"把你那半给我。"她说道。

托马斯把另一半递给了她。阿伊达看着它们，想把它们装在一起。但就在她正准备这样做的时候，她听到了一声尖叫，抬起头来，阿伊达惊恐地看着一只顽皮的猴子从她那里偷走了那两半金核桃。她没有叫出声来的唯一原因是她已经吓得失去了声音。幸运的是,那只猴子为了再次回到主人身边,总在上蹿下跳,一不小心就搞掉了那两半金核桃。也许那金核桃吸引它的原因可能只是因为它们在阳光下闪闪发光。托马斯急忙想抓住其中一半,他正要动手,但有个人——后来才发现是船长——也被意外滚过甲板的珠宝的光芒所吸引,顺势捡了起来。船长感到很困惑,并大声问道:

"这是黄金。怎么会到这儿的呢?"

他的同伴都无法解释。于是,他决定把它收起来,就放进系在腰间的一个袋子里。

托马斯站在那里盯着它,没有勇气讲出来那个东西的物主。因为如果他那样做了的话,就有可能被盘问他到底是谁,在船上做什么,以及他从哪里偷的珠宝。贫穷的水手口袋里不会装黄金的。阿伊达走了过来,拉住了他的胳膊,把他拽走了。

"别失望!就是走霉运了,但我们肯定能处理好。"

"怎么办?"

"我还不知道,我们得商量一下。一定有策略可以让我们拿到那个袋子。"

"那另一半呢?"

"滚到了船头,被胸前戴着铜质十字架的牧师捡了起来。"

"那么我们就需要两个策略。"

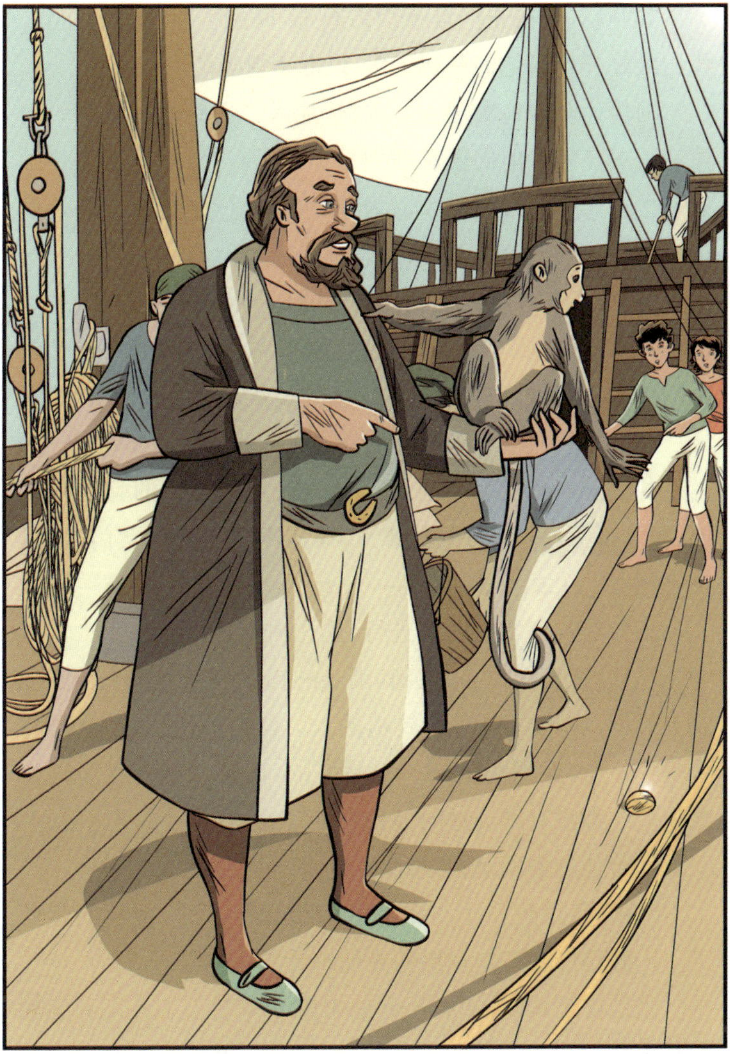

"的确。现在先把自己伪装起来,以免引起他们的注意。我们最好开始跟他们一起工作,以混淆视听。"

阿伊达坚定地拿起一个木桶,加入了那些跪在甲板一角擦洗的男孩们。他们很欢迎她的加入,因为任何努力工作的人总会喜欢看到帮手到来。为了表示友好,她找机会跟他们讲话,而且还故意粗声粗气的。

"还要多久才能到达我们的目的地?"她憨笑着问道。

"运气好的话,明天我们就可以进到澳门港口。"一个瘦小的男人回答说。他有一双蓝色的爱笑的眼睛和直直的短发。"我太高兴了,因为我马上就能见到我的中国女友了。"

"真是一派胡言!"他旁边的人说道。那人的脸圆嘟嘟的,鼻子很短,表情也很滑稽。"你从来就没去过澳门,而且你已经有一个女友了!"

工作在友好的笑声中进行,这让阿伊达也放松不少。至于托马斯,他正面临一个极其困难的挑战。因为水手长叫他爬上桅杆,轮换在哨岗里放哨的人。就这样,他去了。虽与恐惧作斗争,但他赌结果一定是好的,而且一定会克服甚至在他梦中都没有经历过的种种困难。

随着他的攀爬,他的想法也随之变化:

"我知道消防员不得不去救大楼顶层人时,他们的感受了……我已经知道住顶层的人的感受了……"

当他往下看时,那艘船对他来说似乎变小了。人和问题往往也是如此。立在数米高的地方,被蓝色的浩瀚的海洋所包围,托马斯同时也感到被自信、热情、乐观的感觉所包裹。当他即将到达哨岗顶端时,他想道:"我知道飞滑翔伞的感受了"。

然后他认真地与在那之前一直在值班的水手交换了位置。他长着红红的头发、满脸雀斑,因自己班次的结束而兴高采烈。

"时间差不多了,我都饿了。我需要睡觉,但我还有点嫉妒你。"

"你为什么嫉妒我?"

"因为这里是主桅杆的哨岗,谁站在这里,谁就能最先看到陆地。运气好的话,几个小时后你就会成为那个大喊看到陆地了的人。"

第五章　中国海域

甲板上的清洁工作一结束,阿伊达就和她的新朋友们一起下到了船舱。他们一起走到船舱的一角,也是平时吃饭的地方。阿伊达除了继续表现得十分友好之外,她还故意改变谈话方向,以获取她所需的信息。阿伊达时刻保持警惕,谨防他们用问题"轰炸"她时,她漏出什么端倪。问题一点儿也不缺:她是谁?她从哪儿来?为什么她现在才出现在他们面前?

阿伊达从不缺想象力,而丰富的想象力很快就帮助她找到了答案。她说她叫吉尔,这是她的第一次旅行,她是在船停泊的最后一个港口才上的船,一直都在漫无目的地游荡。

"那么,你是来自马六甲的?"蓝眼睛的男孩问道。

"是的。我出生在马六甲。我的父母亲生活在那儿,他们是葡萄牙人。"

为了避免被问到让她尴尬的问题,她故意装出一副忧郁的表情说道:

"不要让我谈及我的家庭,好吗?"

阿伊达在那一刻就像是在扮演一个有着复杂家庭问题且不愿被人提及的角色。她出色的演技肯定会让想做一名演员的菲莉希亚嫉妒的。伙伴们交换了理解的眼神,并递给她一些食物。如果是在其他的情况下,她可能无法吞下那些食物。但她已经饥肠辘辘,一切食物现在都变得神圣起来。水手们都很疲惫,但几乎每个人都在稻草袋做的床上伸了个懒腰,然后继续聊着天。话赶话,阿伊达知道了蓝眼睛男孩叫若泽,这也是他第一次出海。"圆圆脸"已经在船上待了一段时间,早已对船只和线路了如指掌。

"航线总是从印度的果阿市开始,那是我的梦乡。如果我可以的话,我会住在那里。我相信有一天我会住在那里的,因为我很喜欢森林,还因为在森林里很容易找到好的木材来建一栋大房子。当然,还有一个更重要的原因。"

"是什么?"

"女孩们都很美。我已经看中了其中一个,可惜她要嫁给她的表哥。"

阿伊达不依不饶地追问着:

"抛开果阿市,如果让你选这艘船停靠的另一个港口,你会选择哪一个?"

"嗯……我肯定不选马六甲。很抱歉,虽然那是你的故乡。"

"那你会选哪一个呢?"她坚持追问下去,目的是要找出这艘船去过的其他地方。

"我没有太多的选择。我们只在澳门停留,而且我们应该很快就到了。"

若泽开玩笑地重复道:"对了,那儿还有一个为我哭泣的中国女友。"

"可不就是嘛!你从来都没出现过,女孩早就被泪水淹死了。你最好准备在长崎谈个恋爱。"

"日本的长崎?"阿伊达故意用质疑的语气喃喃自语,再一次想得到澄清。

"是的,整趟航行在那个城市结束。我去过那里,我也非常喜欢那儿。当地人喜欢我们,也非常欢迎我们。你知道他们是怎么称呼我们的船吗?'Kurofuné',意思是'黑船'。这艘巨轮上装载了很多可供交换和出售的宝物。这艘船上还有被认为是无敌的大炮。'黑船'这名字让我觉得自己是个伟大的冒险家。"

"圆圆脸"打了个哈欠,伸了个懒腰,说道:

"聊得很开心,但现在我要去睡觉了。"

若泽也试着入睡。阿伊达用巧妙的小手段让他保持清醒,在打哈欠和傻笑之间,她从他嘴里套出了两个便于她制定下一步计划的重要的信息,以及有助于她找回那块对她回家来说不可或缺的东西——那个在腰袋里放了半个金核桃的猴子的主人是船长少校;他在木桶堆成山的地方有一个只属于他自己的船舱,他出身于一个贵族家庭,好嘴,嘴馋到私人厨师为了取悦他而四下寻找食谱,只要有人手上有好的食谱,船长少校从不会拒绝。每个认识他的人都很惊讶,他胃口大得很,但仍然很瘦削。

船上的牧师是耶稣会士。有些人是去中国的,有些人是去日本的。

"到了澳门他们都会上岸。"若泽说,"有些人留在当地,有些人则继续前往长崎。"

阿伊达假装对此事不大感兴趣,当她把最后一个问题抛出时,还叹了口气,说了声晚安。

"只有一个人脖子上戴着铜质十字架,你知道为什么吗?"

"不知道。我只知道他的名字叫克里斯托弗。有人说他去过日本好几次了,还学会了说日语。这次他又要去日本。我们都很喜欢他,他也对我们很好。"

"行吧,"阿伊达心想,终于向她的倦意屈服。"有了这些提示,我和托马斯明天可以制定一个计划。我们明天得好好聊聊。"

她闭上了眼皮,比她预期的更快地进入了梦乡。

*

船长少校的私人厨师有一个宗教色彩浓厚的名字,叫阿尔贝托,但大家都叫他贝托。他是一个身材魁梧、皮肤黝黑、大腹便便的男人。和他打交道的人都喜欢他,因为他的心情总是很好。没有人知道他有多大年纪。然而,他头上的花白小卷发表明他在这个世界上已有些年份了。他一生中最喜欢做的事情是做饭;并且做得相当好!他是个很好的厨师。至于他的另一个爱好——唱歌,听到他歌声的人都倍感轻松,尽管他的声音有些嘶哑,甚至有点粗糙,但魅力十足,以至于一些水手拖着手上的工作不做,去享受他的旋律。

阿伊达很容易就发现他工作的地方。她镇定自若地走到那里,因为她意识到那艘人满为患的巨轮允许一定的行动自由。结果比她预想的还要简单,因为贝托的助手在前一天就病倒了,他看到阿伊达时欣喜若狂。

"好在他们又给我送来了一个帮手!过来!小男孩,我都快忙死了。"

他递给她一把大刀,客气地命令她:

"试着把那块肉切成非常薄的条状。从昨天开始就泡水去盐了,现在我们正好可以做船长最爱的肉豆饭。"

阿依达听着贝托说话的韵脚,立刻想到了一首儿歌。他哼唱道:

"豆子和肉饭,

船长的最爱……"

阿伊达给了他一个赞许的微笑,然后集中精力完成委托给她的任务,时不时还仔细观察他。她观察得越久,就越对他有好感。

"做鸡汤嘛。"她哂笑着说。

"鸡汤?不,今天是肉汤。"厨师笑着回答,"而且还是按照我母亲在佛得角教我的方法制作的肉汤。"

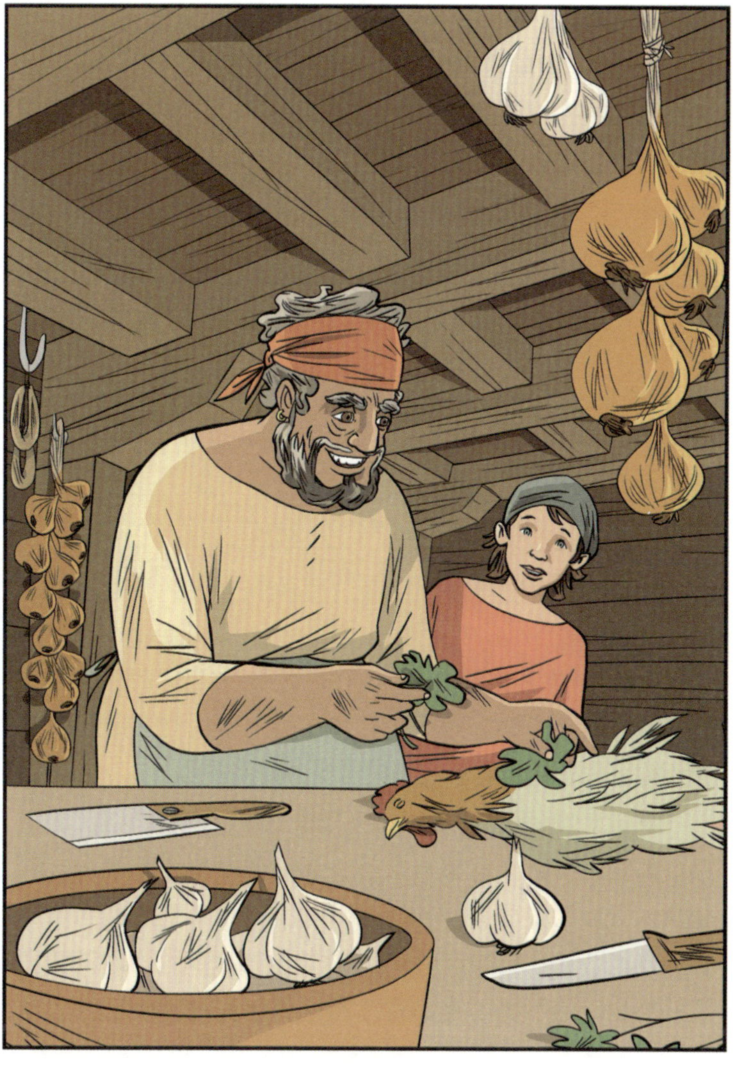

"您来自佛得角吗?"

"是的,没错。圣地亚哥岛,我出生我成长。"

他再次押着韵脚,又一次愉快地唱着歌,显然所有的事情都能成为供他唱歌的借口。

这一次,阿伊达随着歌曲的节奏摇摆着身体、微笑着,仿佛那音乐让她陶醉。然后,她耐心地等待他点火做饭,直到完成烹饪。只有在恰当的时机,阿依达才开启她话在嘴边的谈话。

"我也喜欢烹饪,我已经是修道院的甜品专家啦。我住在修道院附近,我的教母是个修女。每次我去看她时,她都给我甜品吃,还把食谱教给我。"

阿尔贝托的反应很迅速:

"你还记得那些食谱吗?"

"记得。"

"那你就发挥你的特长,做个甜点,因为我们的船长喜欢吃甜食。这里有糖、蜂蜜,还有我在船上养的鸡下的新鲜鸡蛋。你可以在储藏室里去找你需要的任何东西。"

事实上,阿伊达只知道如何制作一种叫作"软软蛋"的甜品。那是她在阿威罗市与祖母一起度假时跟祖母学的。阿依达认真地做着甜品,向所有的神灵祈祷,希望甜品制作成功而且能帮助她实施计划。当"软软蛋"做好后,阿尔贝托尝了一小块。他不得不克制自己想吃得更多的冲动。因为他很清楚自己不应利用职位便利偷吃为船长少校准备的食物。

贝托最多是吃吃残羹剩饭,不幸的是一般连残羹剩饭都很少或没有。

良好的交谈、对烹饪表现出的兴趣、对歌声的赞许,以及最后这个并不存在的教母的发明,让厨师和新帮手之间一拍即合。这种默契感让阿伊达主动提出帮贝托把盘子和碗碟送去船长少校的船舱里。她觉得自己肯定是受到了神灵的保护,因为船长少校因为某种原因并不在他的船舱,却把他的腰包留在了桌子上。一股头脑风暴立即在她脑海中飞速旋转,错综复杂、纠结难分。阿伊达不知道该如何继续,但如果机会难得,她就得好好把握。

"要么现在,要么永不,要么现在,要么永不。"她静静地想着,甚至都没有调动脸上的肌肉。

阿尔贝托叫住了她。

"怎么了,孩子?你吓傻了?"

"不,不,我马上就出来。"

她伸出右臂示意让贝托先通过,他没有丝毫怀疑地就离开了。随即阿伊达瞬间打开了船长的包,看到了闪闪的金银币,并以迅雷不及掩耳之势捏出了那半颗金核桃。当她离开船舱时,她已大汗淋漓,双膝颤抖,有那么一会儿,周遭的一切都像是在云雾之中。糟糕的是,她竟撞上了向她走去的船长少校,然而船长径直走去了他的船舱。当然他是去吃午饭的,抑或是去拿他的腰包。

她的眼睛低垂着,以便在船长注意到丢失的那半颗金核桃时不会认出她。阿伊达匆匆跑下楼。她自己也不知道要去哪儿,也不知道要躲在哪儿。

当她冲上甲板时,她的心跳得如此之快,以至于她都担心自己会因心脏病发作而倒下。

然而,刹那间,船上的气氛发生了一百八十度的逆转。因为在三个瞭望篮里,有三个声音在齐声喊叫:"看到陆地了!"

第六章　半个金色核桃

托马斯兴高采烈地走到甲板上,急切地想分享给阿伊达他在瞭望篮里难以置信的经历和难以抗拒的高昂情绪,但他不能这样做,因为他发现阿伊达藏在一些木桶后,好像并不愿意听到任何声音,并以低沉的声音说道:

"跟我走,跟我走!我们必须躲起来。"

阿伊达没有进一步解释,就把托马斯拖进了地窖里杂乱无章且不见光的地方,直到他们觉得找到了理想的藏身之处才停止走动。然后,阿伊达一次又一次地深呼吸,试图边喘边发声。托马斯明白,他必须给她一些时间恢复。他极力控制自己的不耐烦。然而,没过多久,他再也无法忍受了,便问她:

"到底发生了什么事?"

她张开手掌,给他看那半颗金核桃。

"太棒了,阿伊达!你已经解决了我们一半的问题!"

"我解决了一半问题,但却惹了更大的麻烦,因为我从船长包里偷了这块。"

"不,你没有偷。那本来就不是他的,是我们的。"

"没错。但船长还不知道。如果他发现了,我就完蛋了。"

"他看到你了吗?"

"他看到了,也没看到。我在他的船舱外撞到了他,但我不知道他是否注意到了我。我低着头,然后就拼命跑。"

"那么事情就解决了。"

"如果没有人知道我出现在船长船舱里那还好,但是有一个证人。"

"谁?"

"厨师。"

"厨师认识你吗?"

阿伊达耸了耸肩,摇了摇头。

"这是个很长的故事,我以后会告诉你。现在最重要的是把半颗金核桃给你保管。因为你一直在瞭望篮,如果船长少校发现这块东西不见了,他可能会怀疑除你之外的所有人。"

"你说得对,把它交给我吧。"

"你打算把它放在哪儿,省得又弄丢了?"

"口袋里?"

"最好把它缝在你的衣服里侧。"

"用什么缝?"

"针和线啊。我躲在这儿,你去找找看谁有针线。负责船帆的人应该有吧。去吧,赶紧的,好吗?"

"好的。好的。"

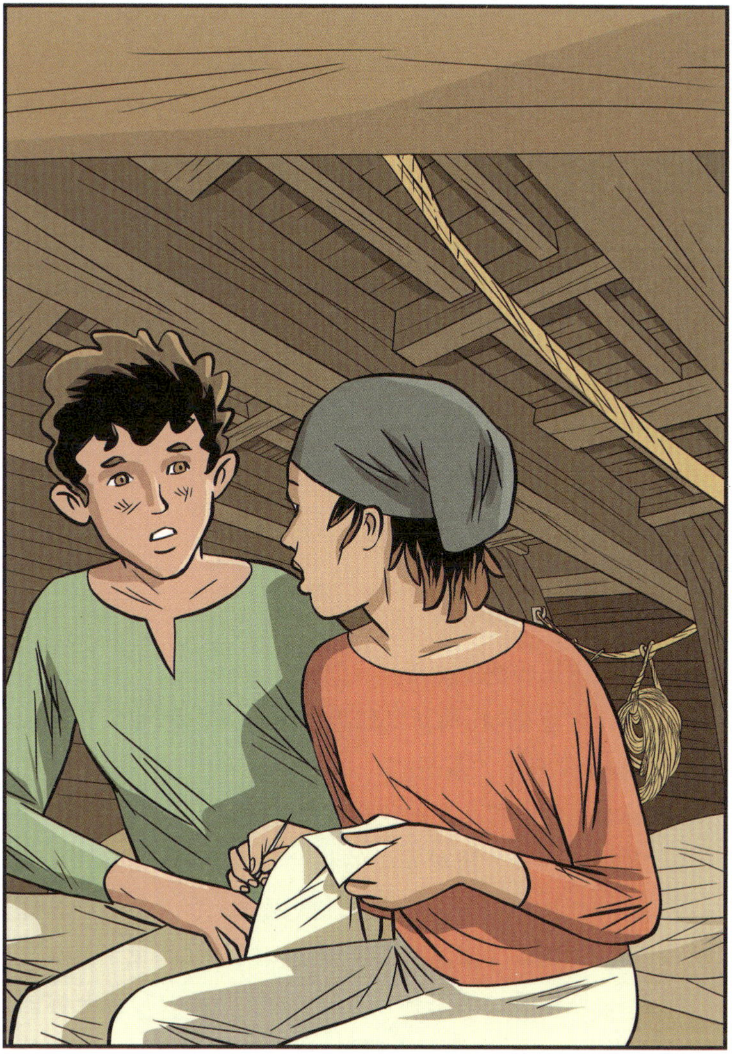

托马斯着急解决问题,迅速地离开了地下船舱,拽着绳子,两阶两阶地跳上甲板。为了不引起怀疑,托马斯在甲板上尽量表现得很放松。他这里问一下,那里问一下,很快就拿到了他需要的东西,然后回到下面的船舱。

"给,你要的东西。针很粗,但应该可以用。"

"过来,到我这里来。"

虽然阿伊达不太擅长缝缝补补,但她还是设法将那半颗金核桃缝在了托马斯裤子的内侧,与腰部持平。她一缝完,就把针线还给了托马斯,伸了个懒腰,再次深吸一口气,然后慢慢地吐气,尽可能地恢复平静。

"还差另一半",托马斯提醒道。

"一个叫克里斯托弗的牧师,在他那。"

"你怎么知道的?"

"我昨天晚上交了很多朋友,而且还得到了很多消息。"

"你确定那些朋友能帮到我们?"

"你什么意思,托马斯?你想我怎么跟他们说?直接说我们想偷牧师身上的东西?"

"你是对的。那么我们现在该怎么做?"

"我能想到一个相对安全的机会。我会躲在这里,直到船停靠在澳门。你上去,拖住胸前戴铜质十字架的牧师。你就和他闲聊,试着探出他把那半颗金核桃放在哪里了。一旦有机会,你就下手。如果你没成功,也不要让牧师离开你的视线。当人们开始在澳门下船时,我会趁乱在你爬上的桅杆旁与你见面,然后我们就跟在他后面下船。"

"那如果他不下船呢。"

"若泽告诉我,所有人都会下船。然后我们在陆地上见机行事。"

"计划是很好,但也可能会失败,还是得有第二套替代方案。你参与吗?"

"我当然要参与。事实上,我别无选择。"

在返回甲板之前,托马斯抚摸着阿伊达的头,试图用一句"待会儿见"来鼓励她。

"待会儿"并不是"一会儿"。阿伊达独自一人挤在麻袋之间,几乎没有光线、食物,也没有水,她度秒如年。然而,她并没有绝望,而是专注于她周围的声音和气味,试图逐一识别它们。远处传来的声音像是:命令? 争论? 伙伴之间的简单对话? 飘入她鼻腔的气味是:霉菌和酸味? 潮湿的腐烂的布? 这个清单无穷无尽……要是她能睡着,然后一觉醒来一切都结束了,那该多好。还有更好的:在她自己的床上醒来,因为一切都只是一场梦。

"无尽的梦……这一切肯定不是梦。"

不管怎么样,阿伊达确信自己真的在向中国驶去,然而却浑然不知是怎么去的,更不知道是为什么。那一刻,她觉得她和托马斯应该是被选为了一个创新且有些激进的科学实验的小白鼠。如果他俩不能找回能让他们回家的仪器,科学家们应该也不会把他们遗弃在另一个时空——一个遥远的地方。阿伊达想到这点就平静了些。

"他们肯定花了很长时间才决定重新把我们弄回去,"阿伊达想,但很快另一个想法取代了先前的。"有人真的在很久以前就开始了这趟奇怪的航行吗?"佩德罗·孙在数学课上说的话在她的脑海中回响:"时间是相对的"。那个时候,佩德罗·孙到底想对他们说什么呢? 或者是在提醒他们? 因为事实上他们也都清楚:人在愉快的时候,时间飞逝;而在痛苦的时候,度日如年。

"托马斯是十分钟前就上去了,而对我来说,好像是几个小时前的事情。他这会儿在哪儿呢?"

幸运的是,克里斯托旺牧师不仅善于沟通、思想开放,他还有一种非常特别的谈话方式。他总是乐于迎合任何人和任何话题,而且总会发表很多言论,并伴随着一些疑问。他自己同时也会给出几种可能的答案,那些谈话往往会给对话者带去一些启示。

托马斯曾看到他靠在甲板近船头的栏杆上,眼睛盯着远处中国海岸线的轮廓。托马斯走到克里斯托弗身边,若无其事地闲聊起来。

"已经看得到澳门了吗?"

"还看不到,但猜得到。那片雾气的背后,很快就会出现山顶上的房屋和教堂塔楼。"

"我从来没有去过那些地方。你知道吗,是我母亲要我坐船来这里的。"

"为了谋生吗?"

"也算是吧。但主要是我母亲想知道她哥哥的消息。舅舅到澳门后就只给家里捎过一次信儿。"

"你知道他住在哪里吗?"

"我知道,"托马斯说。"他住在澳门,靠近牧师们的住所。"

"什么牧师?像我这样的?"

"是的。"托马斯不假思索地说了谎话。

"啊!那就好办了。我们下船后,你跟我一起去,我帮你找找他。那你记得日出时,到甲板上来找我。"

"不见不散!谢谢您!"

有那么一瞬间,托马斯犹豫着是否要告诉克里斯托旺他会和另一个同路人一起出现,但他最终还是没说出口,因为他怕克里斯托旺追问另一个人的来历,是否是他的兄弟、表亲,或者只是他家乡的一个邻居。

托马斯欣喜若狂地回到下层船舱,与阿伊达一起庆祝他的努力获得了成功。阿伊达也很兴奋,但是却泼了一盆冷水:

"你确实做到了与克里斯托旺搭上话。但是还需知道他把那半颗金核桃放在了哪,以及我们如何从他那拿到它。"

"冷静,阿伊达。也就是明天在陆地上的事了。"

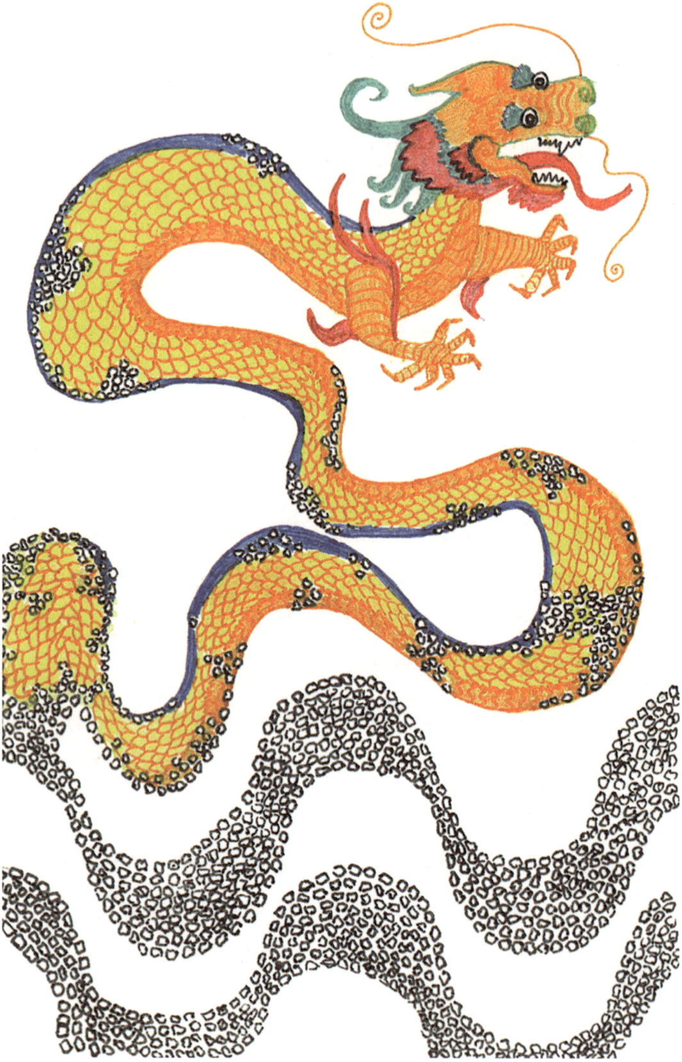

第七章　澳门聚会

第二天凌晨,"黑船"在澳门港安全停泊。这艘船规模大到并非简单靠港就能直接登陆和或者装卸货物,因此必须排队等待摆渡服务的小船。热闹的、五颜六色的、嘈杂的摆渡船来来回回了好长一段时间。托马斯和阿伊达并没有觉得无聊,因为他们靠在栏杆上观察着一切,但注意力始终在前面不远处等待的克里斯托旺身上。

船长少校那时离开了他的船舱,也走到即将靠岸的轮船的甲板上。阿伊达缩了回去,她无理由地感到害怕。船长少校的眼睛盯着那群态度恭敬的来接待他的人。很明显,船长不仅想给他们留下深刻的印象,也想给码头上的其他人留下深刻的印象。这就是为什么他特地穿上了奇装异服,还用一顶宽边黑帽遮住了头,虽然这顶帽子有保护他免受阳光直晒的好处,但在随处可感到强烈湿热的环境里,似乎格格不入。

"他的脑仁都会炖熟的",托马斯喃喃地说。"我想知道他为什么穿成这样?"

俩人身旁的水手长听到了托马斯的话,觉得很好笑,就解释说：

"因为拥有权力就要做出牺牲。这次航行的船长少校是指挥所有住在这里或路过这里的葡萄牙人的。如果他贪图凉爽穿着一件开衬的话，就不会得到尊重的。现在像这样，虽有些浮夸，但你们瞧着他是如何被接待的。"

他指着那些向船长鞠躬行礼的人，仿佛船长就是一个国王。

这个仪式性的场面让阿伊达松了口气，因为这样船长就没有时间浪费在思考从他腰包里消失的那半颗金核桃了。无论如何，阿伊达很高兴地看到船长走下了楼梯，坐进了一艘装饰着旗帜的驳船。

"托马斯，现在怎么办呢？"

"现在我打算请克里斯托旺带我一起上岸。我和你。从你出生那天起就一直是我的朋友。"

他装模作样地往前走，然后又退后了一步，拉住阿伊达的胳膊。

"我需要一个名字好介绍你。"

"吉尔。我在这里的名字是吉尔。"

没一会儿，他们在澳门上了岸。由于有川流不息的人流，差点儿就跟他们的保护者克里斯托旺走散了。大部分是中国人，或者至少是亚洲人，还有非洲人、欧洲人。每个人都在忙于各种工作，说着不同的语言。这里或那里时不时响起几个葡萄牙语词。直到这时，他们才意识到，他们与来自世界不同地区的人在一起旅行,而这些人说着他们不懂的语言。也许他们一直没有注意到这一点,是因为他们早已被这一情况惊傻了。

克里斯托旺和其他牧师一起走在前面,他不时地回头,以确保阿伊达和托马斯都跟着他。他们很感激克里斯托旺,但也很懊恼,因为无论克里斯托旺对他们有多好,他们一定要从他的行李中翻出他们的那半颗金核桃,然后再不辞而别。

他们要走到一座山顶上的房子,因为那里建了一座教堂和圣保罗学校。

长途跋涉而来的人们受到了同伴们的热烈欢迎。没有人对这两个年轻水手的出现感到惊讶,因此托马斯和阿伊达得出结论:也许他们早已习惯给任何人提供庇护。

然而,阿伊达和托马斯始终表现得很谨慎,以免成为关注的焦点,并希望能迅速有效地解决问题。当他们看到克里斯托旺正与当地人们愉快地聊天时,托马斯认为这是接触到他行李的最好机会。于是,托马斯面带微笑,主动提出要帮忙搬运这些行李袋子。

"我把您的行李给您放回房间。您就跟我说房间在哪儿,我把所有的东西都放过去。"

克里斯托旺接受了托马斯的好意,连连致谢。阿伊达也加入了托马斯的计划,手中拿着其中的一个袋子,一起向被告知的方向出发了。

"是第三道门,第三道门,快走!"

他们满怀激动地走进了一个小隔间,里面只有一张床、一张桌子、一把椅子、两个箱子和挂在墙上的一个十字架。

他们确信那半颗金核桃可能在其中一个袋子里。于是,就把袋子扔在床上,然后匆匆忙忙地翻找着。他们越来越紧张,不仅是因为他们找不到想要的东西,还因为他们害怕被发现。

"如果他们看到我们在做什么,肯定会把我们赶出去的。"

"而且我们再也不能接近克里斯托旺了。"

外面的一阵嘈杂声把他们吓得魂飞魄散。他们如同雕像一样僵硬,心里都做好了最坏的打算。幸运的是,来的人虽不知是谁,但只是从门外路过。当他们把所有东西放回包里时,阿伊达整个人都面无血色,托马斯也是战战兢兢的。他们走到了餐厅,此时正是开餐的时候,热闹非凡。

"到这里来!"克里斯托旺说,"你们看起来状态很不好,需要吃顿好的。然后,你们去找乔尔,让他给你们双鞋子。他那儿有各种尺寸的鞋子。"

餐厅里的谈话继续进行着,有时相互交叠,显得杂乱无章。有人想听新闻,有些人想讲新闻,但不局限于同一主题。阿伊达和托马斯像老鼠一样安静,尽量不忘记克里斯托旺所说的每一个字。他们幻想出于某种原因,克里斯托旺可能会留下一丝丝线索。这样好方便他们进入他存放半颗金核桃的地方。问题是周遭的聊天声越来越大,他们的对话常被感叹声、笑声、拖动木凳的声音、餐具的碰撞声频频打断。但阿伊达和托马斯明白那是因为大多数的居民都渴望得到他们的家庭、朋友以及国家的消息。那些收到家人来信的人异常兴奋,即使他们知道那些信是在船停靠之前很久写的,而且所写的内容可能已经过时或不再真实。

坐在克里斯托旺面前的是一个圆脸银发老人,留着胡子,眼睛小小的,但明亮又有活力。从他的话中,阿伊达和托马斯得知,他已经在澳门定居了好几年,他在这里工作,兢兢业业。他们还得出结论,银发老人是那种不会被责任的重压所困,且不会忽视任何待解决问题的人。那一刻,克里斯托旺正思考着当他抵达日本时,他要给大名夫妇带什么礼物。

"我从印度带来了一些漂亮的水晶瓶。我从一个刚从里斯本出来的商人那里买了这些物美价廉的瓶子。"

"希望别在旅途中破损了。"

"我觉得不会的。我先是用稻草把它们包起来,然后再放进一个木箱里。我没有把木箱送到货舱,而是放进我的客舱里了。那小屋很安全。

'客舱'一词在阿伊达和托马斯的脑海中回响。他们本身就很专注地在听,此时他们就更专注了,因为对他们两个来说,接下来的对话代表着线索。

克里斯托旺说:'我也带了些吊坠项链,'如你所知,信仰基督教的日本大明喜欢一些宗教符号,其中有一个人就非常喜欢这种吊坠项链。我的客舱里就有很多可供分发。对了,我还在甲板上发现一个滚来滚去的东西,真是见所未见、闻所未闻啊。"

他把手放在脖子上,拉出了一个绳子,绳子上挂着四五枚银质吊坠,其中有一枚金质的,他把它拿给他的伙伴看,并说道:

"它原本就是这样的,有一个十字在上面。是不是很美?"

其他人也想看看。托马斯和阿伊达觉得,也许克里斯托旺会摘下项链,让项链在其他人手中传递。这样他的同伴们就可以近距离观察这个奇怪的东西。如果是这样的话,他俩就有机会抓住它,并用另一半扣住它。也许他们两个人就会立即在众人的惊愕中消失了。然而,克里斯托旺只是拉长了些项链,给大伙儿展示着。

"这不像是枚吊坠。"有人说。

"但是,如果它有一个雕刻的十字的话,应该是出自艺术家之手。"

"笨拙的艺术家?"

"也许是出自一个笨拙人之手。他想法虽好,但技法不行。"

"你们知道它让我想起了什么吗?"一位好奇的同伴说道,"半个核桃。"

阿伊达和托马斯交换了一下充满信息的眼神,其中最强烈的意思是"这老头太聪明了"和"我们有麻烦了"。但仍有两个信息悬而未定:"搞清克里斯托旺的房间在哪儿"和"晚上进行一个闪电行动"。

第八章　珠江

夜间"突袭"计划流产,因为当阿伊达和托马斯醒来时,太阳已经在苍穹中闪着光芒,克里斯托旺正在教堂里做弥撒。他们垂头丧气,一直等着也不知道要做什么。而在早餐时,一切都变得复杂起来。就像前一天一样,克里斯托旺亲切地邀请他们共进早餐。他们在餐桌旁坐下,随后他对托马斯说:

"我猜你一直在四处寻找你的舅舅,但我可以从你的脸上看出,你还没有找到他。"

托马斯只好无奈地摇了摇头。

"不要气馁。这里的人流动性很大。他不在这里,可能在别的地方。"

托马斯把杯子拿到嘴边,喝了两口,耸了耸肩,一副想道歉的样子。

"我没法帮你了,你知道吗?我很快就要去广州的一个集会了。"

托马斯的反应迅速且机智。

"他也走了！"托马斯猛地回答道，"我唯一能查到的是，我叔叔去参加这个广州的集会了。您带我们一起去吧！我们不会打扰您的。吉尔和我会自己照顾好自己的。求您了！"

"路还很远呢。"

"没关系的，没关系的。"

"好吧。那你们先在教堂外面等我，我们等会儿一起出发。我一会儿就去找你们。我不会太久的。"

阿伊达和托马斯先是站着等，然后又坐在石阶上。他们环顾四周，心不在焉地看着周遭，也没有交流想法，因为他们都在为同样的疑惑而思索着："广州的集会将会在哪里举行？克里斯托旺要在那里做什么？没有马，更没有马车，那我们是否必须步行？"

在众多疑虑中，只有一个确定的因素：那半颗金核桃还在克里斯托旺的脖子上。他们清楚地知道这一点，因为在前一天见过它之后，现在他们通过克里斯托旺胸前黑色衣服上簇拥的小突起就能辨认出它。他们想不出来该如何把它弄到手。

他们跟着克里斯托旺身后走下了小山坡。他兴致勃勃地跟阿伊达和托马斯谈论他要从广州买一些布料，一路上滔滔不绝，不给他们留下打断他的空间。

"丝绸的品质极好。有的轻如蝉翼，有的稍微重些，但触感都很丝滑、光鲜亮丽。还有千百种不同的颜色，深的浅的，多到难以描述，必须眼见为实。中国的丝绸的确是世界上最美的丝绸!"

克里斯托旺眯着眼睛重复称赞道:

"绝美!集会上的丝绸种类繁多,很难选择。"

阿伊达和托马斯听着他的话,很感兴趣。可是,牧师们总是穿着黑色的衣服,又不买给妻子或孩子,那他们去广州买丝绸干什么呢?

他们并没有直接问出来,而是在克里斯托旺的另一句话里,得到了答案。

"我们从广州带回的丝绸价值千金,但我们会支付白银。"两人脸上的表情清楚地表明,他们并不明白克里斯托旺在说什么。随后他解释说:"你肯定知道,一般我们不能从事商业活动,但在东方除外。因为建造教堂和学校、帮助人们、制造药品、开设药房、治疗病人,这些都是很大一笔开销。因此,我们决定组织开展这项业务,由于中国的丝绸在日本很受欢迎,我们就在这里购买,然后带去那边卖掉。日本人有很多银矿,他们也用银子支付给我们,因此我们的利润很高。"

他们刚走到港口附近的一个繁华地带。克里斯托旺暂停了讲话,环顾了一下四周,似乎在找什么人。然后他在人群中穿行着,但他继续讲着,虽然头都不回。

"等我们回到'黑船',启航前往日本时,船舱里肯定会装满丝绸的。"

旅行将继续,然而却不知道要到什么时候,甚至不确定能不能回家,这些想法让阿伊达和托马斯非常不安,以至于他们无法从眼前的景象中找到丝毫的乐趣。异国情调,男男女女穿着粗布外衣,戴着像倒扣的竹篮一样的帽子,他们把各种货物从一个地方运到另一个地方。有些人肩上扛着一根扁担,扁担的两头吊着货物,上下晃动着。狗啊、猫啊,四处乱窜,孩子们从一边跑到另一边,还有婴儿的大哭声。所有的东西和人似乎都被一个透明的泡沫所笼罩,那里有一种无法分类的混合气味。在泡沫之外,有许多船只,有的上面盖着布,有的没有。它们要么停靠在港口,要么在水面上缓慢地航行。

尽管他们有些惆怅,但他们一直被周围的环境所吸引,直到克里斯托旺叫着:

"你俩过来!过来!"

克里斯托旺招手让他们跟得近些。他们拨开人群走向克里斯托旺。突然他们心头一紧,因为在人群之中,他们瞥见了一个黑发矮瘦、表情神秘的男子。他们一眼就认出了佩德罗·孙老师。他们焦急地跑向他,以确信孙老师是来接他们的。或者老师可能在整个旅途中都一直陪伴着他们,只是在远处观察,可能是为了考验他们。

"老师,"阿伊达咿咿呀呀地喊着。已经很近了,阿伊达伸出的手都触碰到了老师的手臂。"老师……"

两名魁梧的男子抬着一张板子横在路中。当他们绕开时,老师已经不在那边了。阿伊达抓住了托马斯的手臂,说道：

"是佩德罗老师，我很确定。"

"我也很确定。"

"我们要不要去找他？"

"没用的。他也看到我们了，但他没有靠近我们，因为他压根不想。"

"也对。"

一股神奇的思想旋风在他们两人的脑海中形成，起初让他们感到害怕，但逐渐变得令人欣慰。如果他们真的是被选中参加某一项科学实验的话，这就意味着在研究人员的监督下，他们穿越到了另一个时间和地方。那么，他们就有权享受发生在他们身上的一切。俩人走在克里斯托旺身后，回忆起了他们听到佩德罗·孙说过的一些神秘话语，他曾低声说道：

"你必须有面向世界的开放精神。去旅行吧。"

在数学课上，他用这些话鼓励学生们独立思考、设定目标，然后再自己找出实现目标的方法，证实了得出的结论。

"就是这样的。"托马斯说，"他想给我们一个挑战，只有在我们无法独立克服的情况下，他才会出现救我们。"

"但这种困境已经持续了很久了。"

"他告诉我们'时间是相对的'，你还记得吗？也许在这里经历过的一切，在我们的日常生活中可能是白驹过隙。"

"希望如此。"

"你等着瞧吧。阿伊达,放松点儿。"

克里斯托旺看到他们快乐又放松地走到他身边,跟之前截然不同,还有些惊讶。

"看起来你们对乘船顺珠江去广州的想法还是很满意的嘛。"

"很满意。"他们异口同声。他们对未来不再担心,而且被这条河的名字所启发。他们想起了许多童年的故事、电影,还有一些过去伟大的冒险旅行等。

当阿伊达和托马斯登上小船,没过多久,水手们就升起了风帆。当他们爬上桅杆时,风帆顺滑地展开了。他们感觉自己就像传说中的人物。一阵柔和而温暖的风袭来,抚摸着他们的皮肤。在这条宽阔的银色水面上航行,阿伊达和托马斯遇到了各种形状的、都由忙碌的水手操控着的船只。他们的特征几乎与佩德罗老师一样:神秘。当然,那只是一种兴奋过度带来的假想。托马斯让自己彻底融入四周的环境之中,没有丝毫惊愕或担忧。他注意到河面很宽,宽到一眼看不到对岸。或者准确地说,是他没有看到,因为有雾气渐渐浓了起来。阿伊达身体向后靠了靠,盯着画在船体上的中国字。

"您懂中文吗,克里斯托旺?"

"我已经学了一点。那里写的是船的名字。"

他读出那几个字,在阿伊达的耳中听起来像"bái tiān'é"的音。

"它是什么意思?"

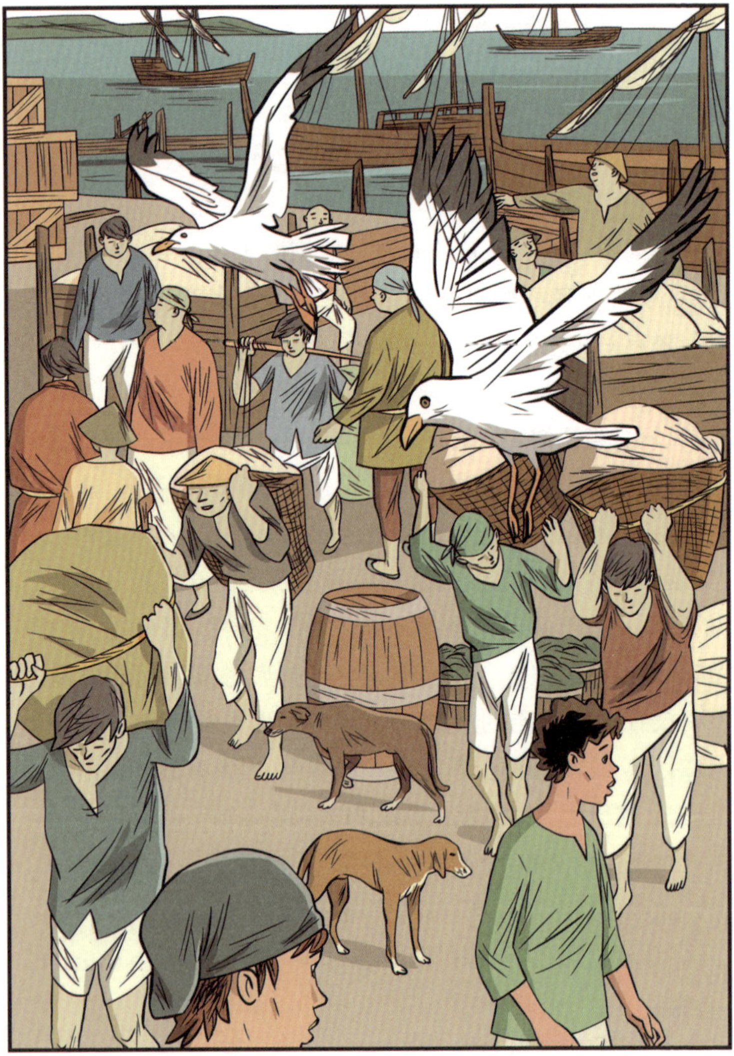

"白天鹅。一个美丽的名字,跟我们住在广东的旅馆同名。"

克里斯托旺转向船夫,用中文问了他一些事情,以证明他没有撒谎。船夫回答了三个字,听起来像"shi mushi"。他肯定地点了点头。阿伊达和托马斯的结论是,"shi"的声音可能是葡萄牙语中的"sim",也就是对的意思。

"但 mushi 是什么意思?"

"牧师。我问他是否快到广州了,他回答说'是的,牧师'。'mushi'在中文里是牧师的意思。"

第九章　广州集会

阿伊达和托马斯与广州集会的第一次接触就让他们目瞪口呆。在数量惊人的小房子和帐篷中,他们不知道眼睛该往哪里看,也不知道该往哪里走。那些小房子和帐篷一个挨着一个,平行排列,形成了一条狭窄的走廊。众多的顾客在那里用一种他们都不懂的语言互相交谈,他们在寻找不同的产品。这里最不缺的就是商品种类了。小贩们在各自的区域展示着他们的商品。这里是陶器,那边是地毯,再往前是篮子,或者灯笼,或是些金银装饰品。所有的一切都被包裹在来自食品区的气味之中,那里除了提供水果、蔬菜、种子、香料外,还有活的家禽、陶缸里的鱼和青蛙。

"你们过来,过来!"克里斯托旺叫道,"不要在混乱中与我走散了。"

当阿伊达和托马斯在丝绸区停下来时,他们的惊讶就变成了惊愕,因为事实上他们从来没有见过这么多、这么漂亮的集中在一起的织物,而且摆放得那么整齐,让人赏心悦目。

"我觉得我什么都想买。"阿伊达说。

"我早就告诉过你们了。不过也确实没有像这样的丝绸了。"

"我觉得那边的那个太好看了,但我不确定它是什么颜色的。"

"我早早就告诉过你们那些非比寻常的色调:淡紫色啊、洋红色啊、铁锈色啊、深红色啊、琥珀色啊、猩红色啊、锡耶纳色啊、茉莉色。"克里斯托旺罗列出了一堆颜色。"自从我不得不负责这项业务后,我也开始更加关注颜色了,并寻找每个色调的确切名称。"

克里斯托旺说话的方式证实了他俩早已经知道的事:他是一个积极、开朗、开放的人,是一个好伙伴。

"他会认识佩德罗·孙老师吗?"托马斯想到,与此同时他们听到一声巨响。紧接着是喊叫声和尖叫声,混乱至极,人们四散着纷纷跑开了。

一群人把所有人都赶出小道,顾客们都冒着被打或摔倒被踩踏的危险,所有人试图在帐篷之间潜行,只有在他们觉得足够安全的时候才停下来。托马斯此时喘着粗气,阿伊达已经失声痛哭。他们靠在集市一端的一栋小木屋上。混乱仍在继续,又有一些人出现,好像试图平息事态。

"我们最好先离开集会。"

"我也这么认为。"

阿伊达和托马斯环顾四周,意识到克里斯托旺并不在他们身边。

"我们去找他吧。"

"去哪儿找?"

"我怎么知道!"

在所有的混乱之中,在不懂当地语言的情况下,落单的他们惊慌失措。

"我忍不了!我放弃!"

"我也是!我本来已经准备好迎接挑战的,但现在我已经受够了这个挑战。佩德罗·孙老师必须来接我们。"

"佩德罗老师!佩德罗·孙老师,"阿伊达声嘶力竭地喊道。"结束了,我们想回家,请帮帮我们!"

有许多张长得像他们渴望看到的那张脸在靠近他们,但没有一张脸是佩德罗·孙的脸。所以他们别无选择,只能设法先去找克里斯托旺,而且无论如何都要找到他。

"他提到了我们所住的一家旅馆。"

"你还记得那旅馆的名字?"

"在葡萄牙语中是白天鹅,现在中文怎么说我已经忘记了。"

"这样我们怎么找得到呢。"

"等等,我有一个办法。如果克里斯托旺通常住在这家旅馆,也许我们可以对卖丝绸的人说'牧师',他就会给我们指路。"

"牧师用中文是Muchi?"

"不,是Mushi。"

这个计划很好,但却没有成功。因为卖丝绸的人们为了避免损失,只要一有骚动就卷起帐篷躲起来,所以他们到处找不到卖丝绸的人。

"那现在怎么办呢?"

"现在?我挨个问过去。"托马斯坚定地说道,他不断地对路人重复问道:"Mushi? Mushi?"

大多数人都没有注意到他,但一个留着山羊胡的老人反应了过来,招手让他们跟着他,并直接把他们带到一个圆形的寺庙里。几个人在佛像前烧着香,嘴里还念念有词。

"他以为我们想找一个佛教徒,可能是因为他自己通常会去那里吧。"阿伊达忍着泪水说。

"别慌,否则只会更糟。让我们试着再跟他说清楚。"

"怎么说?"

"像这样。"

托马斯蹲下身子,捡起地上的两根树枝,拼成了一个十字,并说:

"肯定已经有一些人知道这个标志的意思,如果我同时展示这个十字并说'muchi',幸运的话,会有一些人意识到我们在寻找某个牧师,并会告诉我们他通常待在哪里。"

"也许会奏效,托马斯。试试吧!"

第十章　无法拒绝的提议

他们得到了一个年轻漂亮的女孩的帮助,她在寺庙外看到地上的十字。于是她开始打手势,给他们指了一个方向,并陪着他们,直到走到了旅馆。

克里斯托旺就站在门口,欣喜若狂。

"喂！在这里,在这里！你们可把我吓得够呛。你们去哪里了?"

他们开始讲述所遇到的事情,互相重复着对方的句子。由于所有人都经历了集会上的混乱,那些描述听起来也讲得通。

"好了,好了。行了,冷静冷静。"

克里斯托旺的眼睛紧盯着托马斯,问他道：

"那一切恢复平静后,你打听到了你舅舅的消息了吗?"

"没有。"他结结巴巴地说,"但我遇到了一个葡萄牙人,他正在买……买……"

阿伊达迅速地说："陶器。我们遇到了一个葡萄牙人,他曾和托马斯的舅舅一起做生意。"他跟我们说托马斯的舅舅这次没有去集会,又去旅行了。但那人不太记得他舅舅去了哪里。太失望了!"

为了避免话语间出现矛盾的地方,最好的方式就是改变话题。托马斯讲述了他是如何向一个中国女孩解释他所想要的东西的,而克里斯托旺听得兴奋不已。

"如果人们可以认出符号的意义,那确实是一个好兆头!"

克里斯托旺平时愉快的脸上出现了欣慰的表情。

"你真是个聪明的孩子,托马斯。我需要帮手,如果你愿意,我可以让你跟我去日本。你想去吗?"

"想去,当然了。"

阿伊达用恳求的语气问道:"那我呢?我也可以和您一起去吗?"

"可以,你可以。你们会成为我的左膀右臂。但你们要做好准备,我可不打算给你们一分钟的休息时间。"克里斯托旺开玩笑地说道,"现在我们去吃饭吧。"

白天鹅旅馆建在珠江边上,面积不是很大,也不算很漂亮,但它此时是阿伊达和托马斯的安全港,因此他们喜欢它的一切。旅馆傍水而建,好像在俯瞰平静的河水。河流中的船只在船夫的驾驶下静静航行,他们清楚地知道自己来自哪里,要去哪里。阿伊达和托马斯感到被一种沉睡般的平静侵入全身。这种平静让他们品尝到了用筷子而不是刀叉吃的饭菜的可口。同时,他们高兴地喝了几杯茶水,虽然有些热,但却让他们的喉咙感到凉爽。晚餐后,他们被带到了一个长方形的隔间,那里只有一根蜡烛在燃烧,其他人已经睡着了。奇怪的是,他们中的一些人把头枕在瓷枕上。他俩觉得那样非常不舒服,但也没有发表意见,因为他们已经筋疲力尽了,顷刻间就睡着了。

第二天一大早,他们就被叫醒帮忙:把巨大的丝绸卷运到租来的船上。货物太多,他们中的许多人已经连着忙了好几天了,几乎没有休息的机会。

当他们准备离开澳门的时候,阿伊达感叹道:"我想我已经瘦了两三公斤了。"

"那你肯定很高兴吧,"托马斯低声说,"女孩们都觉得瘦点儿才优雅好看。"

"噗!闭嘴吧!克里斯托旺可能会听到的。"

"他听不到的。他还在那边的银行里呢。"

他俩本能地转向银行的方向,惊讶地看到佩德罗·孙老师就站在克里斯托旺身后。他正对着他们微笑,像往常一样神秘,但他的眼睛里有一种特别的光芒,一种赞许和鼓励的光亮。阿伊达转向托马斯,说道:

"就是他,不是吗?"

"我想是的。"

当他们回头再看向银行方向时,那个身影已经消失了。

"他在跟踪我们。"

"是的,他在跟踪我们。但也许不像你想的那样。"

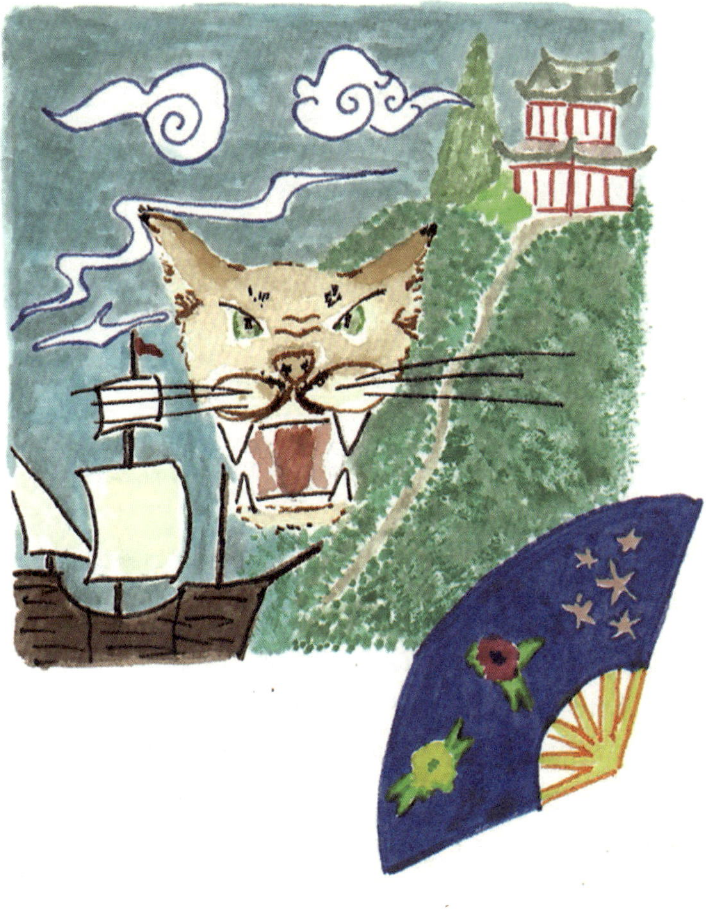

"我想的哪样?"

"我们三个人被澳门科技文化中心里的'黑船'模型吸进去了,而且还被用于一个秘密的科学实验。在我看来,从始至终就只有我们两个人被吸进来。佩德罗·孙老师压根儿就不在我们身边。他应该正在通过互联网远程关注着这次旅行。我们所看到的是他在三维空间中的投影。"

"你可能是对的。哎,太遗憾了!我更希望他也在这里。"

"我也是。不管怎么说,知道他在看着我们,这也很好。如果我们有危险,他就会把我们接走。"

"如果他能在那一刻看到我们,他会的。或者说,如果机器不发生故障的话,他会救我们的。"

"不要那么悲观,要集中精力,这样我们才能靠自己的力量克服未来的挑战。"

克里斯托旺上船的时候,阿伊达用肘部示意托马斯闭嘴。他们用友善的表情和谨慎的目光欢迎他登船,然后仔细等着检查他胸前的黑色衣服上簇拥的小突起是否还在。还在。显然他挂在脖子上的那些吊坠的尺寸并没有改变。托马斯用手指捏着他缝在腰间裤子内侧的另半颗金核桃。如果碰巧他们真的得到另一半,他们也不知道下一步该采取什么行动。因为他们还是很想去日本的。托马斯正准备问阿伊达对此事的看法,阿伊达先发制人地跟他说:

"我们不能放松警惕。但情况不同了,我目前自己的心态也有了些变化。既然我们在专家的监视之下,他们可以随时救出我们,更何况克里斯托旺也信任并雇用了我们,那么我们能做的最好的事情就是享受这次旅行。你同意吗?"

"我完全同意。"

第十一章　旭日之国

随后的时间里,先是顺珠江而下,然后抵达澳门。他们为前往日本的准备工作忙得不可开交,甚至都出现了幻觉。他们清晨就起床,黄昏才就寝,有时几乎连吃一块面包的时间也没有。但阿伊达和托马斯把一切都安排得很好,其他工作人员都张开双臂欢迎他们。他们自己也努力做到最好,而且也从持久的锻炼中得到了好处。

"我的肌肉会让拳击冠军们嫉妒的。"托马斯说道。

"我一克多余的脂肪都没有,"阿伊达说。"按照这种速度下去,我会成为一名模特。"

当他们终于把最后一卷丝绸搬运到船舱中——最能保证丝绸不会被潮气破坏的地方,他们便来到甲板上,与同伴们一起庆祝他们前往旭日之国的旅程即将开始。

这次穿越很漫长,但却十分平静,以至于有经验的老水手们都感到惊奇。

"风平浪静,风调雨顺,上次遇到这种情况我都不记得是什么时候了。"水手长说道。

"运气罩着我们呢。"一个年轻、厚脸皮的男孩回答说,他知道什么会让他不安。

"永远不要在中途夸耀运气!"躁动的水手长警告说,"海流和风向在你最意想不到的时候就有可能发生变化。你们都不知道我在这些地方都遇到了什么。"

每当水手长有空的时候,他从不放过任何机会吓唬吓唬船员,绘声绘色地描述暴雨、突如其来的可怕风暴、破坏力极强的台风,还有巨大的、能卷走沿途一切的波浪。

"海上的船只和人,陆地上的房屋、树木、男人、女人和孩子,一切都会被摧毁。只有见过的人才知道那种恐怖。"

"这是真的!"其中一个水手说道,但同时又补充说:"但吓唬第一次出海的人也没啥意义,因为那些灾难多在季风季节发生,我们还是可以避免的。"

"是的,我们是可以避免。但大海是险恶的,那些蔑视运气、蔑视神灵的人,可能会招来厄运。"

根据阿伊达和托马斯的所见所闻,他们学会了如何辨别易受影响、不太易受影响和不易受影响的伙伴,最好是寻找后者,因为他们才是更好的伙伴。他们此刻正和其中一个小组在一起,在明亮的天空下,他们看到了日本四个大岛之一的九州岛,郁郁葱葱,起伏多山,周围都是小岛。这简直就是一场旅行者的视觉盛宴。

在船上他们就表现得很兴奋,在陆地上他们也同样兴奋,因为在蜿蜒陡峭的山坡下有好些木制房屋,而且越来越多的人出现了。那些人高兴地看着"黑船",好像已经等了很久了。

陌生人之间那种自发的强烈且和谐的感情将永远刻在阿伊达和托马斯的脑海中,勾画着他们抵达日本时那个明亮、清晰的早晨的记忆。

他们依在栏杆上,饶有兴趣地注视着成群结队的、涌向长崎市海滩的日本人,他们欢迎这些外国人和他们带去的珍贵物品。

日本男子大多身穿宽大的外衣、长裤,将头发挽在头顶,额头处梳成一个发髻。妇女们则穿着一直到脚的长衫,腰间系着宽大的腰带,背后还有一个大蝴蝶结。所有这些人都长着浓密的头发,他们发型一致,乍一看好似都出自一个模型。

无论是男男女女、老老少少,皮肤虽都不是白色的,但肤色多样,长着黑色的头发、短小的鼻子和杏仁眼。如果只是粗略看一眼,其特征都有些相似。更何况他们的行动姿态也相近:鲜明、优雅、不慌不忙。

在人群之中也有少数在长崎定居的葡萄牙商人,从他们的外貌特征和穿着打扮就可以辨认出来,还有一些穿着黑色长袍的牧师,在白沙这一背景的衬托下尤为凸显。

"这简直就是一幅画,阿伊达。"

"我觉得更像是一段视频,托马斯。"

在他们身后,克里斯托旺慈祥的身影渐渐靠近,告诉他们很快就会把他们叫上岸。

"你们哪儿也别去,我马上回来。"

领航员在船长少校的命令下,将船驶入城市前方的海城。船在那里抛下了锚。跟之前一样,登陆也是用驳船完成的。坐在克里斯托旺的驳船上,阿伊达和托马斯一会儿望向陆地,一会儿又回头看看大船,那里的景象也同样丰富。船长和船夫协调收帆的工作,用哨子声与在桅杆上执行任务的水手沟通。在那些人中,也包括驳船的舵手,他们的皮肤和头发颜色各异,让当地人都感到惊讶和着迷。

"你觉得他们会觉得什么是最奇怪的?"

"也许是眼睛。你有没有想过,如果你看到一个红眼睛、蓝头发的外星人,你会有什么感觉?我想那感受就相当于当地人看到了一个蓝眼睛、红发的人登陆时的感受一样。"

克里斯托旺觉得他们的对话很有趣。

"我从未想过其他星球上可能有人类,但你是对的。尽管我们好几年前已经来过这边了,但我们仍给当地人留下了深刻的印象,以至于他们的艺术家们把我们以及我们的船画在大名们为他们的房子订购的屏风上。"

在以前的谈话中,他们知道克里斯托旺每次去都给大名带去礼物,但他们都没有问为什么,也没有问大名是什么人。

"这些大名到底是谁?"阿伊达这次趁机消除自己的疑惑。

"他们是当地的领主,就好比我们的贵族。他们富有、强大而且拥有很多很多土地。在那里他们统治着领地的所有人。"

"那么谁来指挥他们呢？国王吗？"

"在日本,没有国王。有一个天皇,他就是一个装饰性人物。真正的统治者是将军。在将军下面是大名,他们在自己的土地上可以为所欲为。"

他们注意到克里斯托旺犹豫了一下,好像他还有话要说,但还没有决定是否继续讲下去。阿伊达和托马斯默默地等待着,而且已经变得十分好奇,他们试图用一个天真的问题来继续谈论大名的话题：

"所以最好把他们哄开心,不是吗,克里斯托旺？"

"是的,当然了。你得放长线钓大鱼。创造共鸣是必不可少的,这样我们才能谈论我们的宗教,让日本人信基督教。"

"已经有很多信徒了吗？"

"几个吧。你知道吗？有趣的是当一个大名同意接受洗礼时,他的家人和为他服务的人也希望接受洗礼。他们对我们讲的圣经故事非常感兴趣。"

驳船已经到达海滩,当他们跳上岸时,被巨大的声音所吸引,阿伊达和托马斯不禁转向大海。他们不明白是谁在喊叫,也不明白是为什么。但突然间,停泊在他们面前的那艘船,整只都进入了他们的眼帘。他们并不惊讶这事儿定会对日本人产生巨大影响。因为轮船巨大无比、与众不同,而且还是黑色的,它来自远方,而且还装满了奇珍异宝,再加之由蓝眼睛和不同肤色的人操纵着,他们都穿着宽松的裤子,戴着黑色的礼帽或四角帽。即便他们在绳索上或在桅杆上工作时,也始终不会让帽子掉下来。

"黑船"在他们面前停住了,船上发生的一幕幕真是让人目不暇接。

"如果发生在我们那个时代,一切都会被拍下来,非得拍到筋疲力尽为止。"托马斯心想,"而在这个时代,唯一的机会就是让艺术家们看到这一幕幕,并尽全力在画作上再现出来。"

托马斯没有说出自己的想法,他也不需要让阿伊达向他点头表示赞同,因为阿伊达也是这样想的。"这艘船简直就是一个艺术作品,而且肯定能带去很多灵感。"阿伊达评论道,"我想看看克里斯托旺提到的那些屏风。"

"也许你会很走运,说不定我们排队去拜访这个地区的大名时,你就可以看到他家里漂亮屏风了。"

"我们还要排队?"

"是的,每次我们到这里后,都会组织一个隆重的队伍,然后由船长带队,一起去拜访这片土地的主人。你也会参与和享受其中的,那个仪式会令人难忘的。"

一阵动物的嘶鸣声打断了谈话,那如交响乐般的叫声如此真实。此时,船只正在搬运鸟笼、兽笼,那是船长少校为大名夫妇准备的礼物。

"他们喜欢外来的物种,特别是那些这里压根儿不存在的动物。来自巴西的鹦鹉总是大受欢迎。上一次旅行,我们带来了一头大象。这次,我们优先选择了两匹波斯马、纯种的猎狗。为了不让他们失望,我们还带来了一个更大的惊喜。"

"是什么?"

"一只真正的大猫。瞧,它来了,他们要把它卸下来。"

水手们正试图将一个粗竹条制成的笼子安全地完成卸载,那里面是一种他们谁也没见过的动物。它躁动不安,喘着粗气,嘶叫着,用锋利的爪子刮着竹条。它看起来更像一只豹子,而不是一只大猫。不过,它浅棕色斑点的毛色确实很美,鼻子上长着锋利的牙,还有硬邦邦的胡须,样子还是有些吓人。很快,它就成了人们关注的焦点。人们围成一圈,目不转睛地盯着它,仔细打量琢磨。

"它属于一个非常凶猛的物种,很少人能看到它。这只是在印度山区捕获的,而且还是花了大价钱买下来的,为了满足大名的好奇心。"克里斯托旺解释道。就在同时,拉拽笼子的其中一个男孩突然感到一阵头晕目眩,随即松开了绳子并栽倒在一旁。

其他人尽力支撑着笼子的重量,但他们依旧无法阻止笼子撞上岩石。一场灾难无法避免:若干竹竿被折断,野猫逃

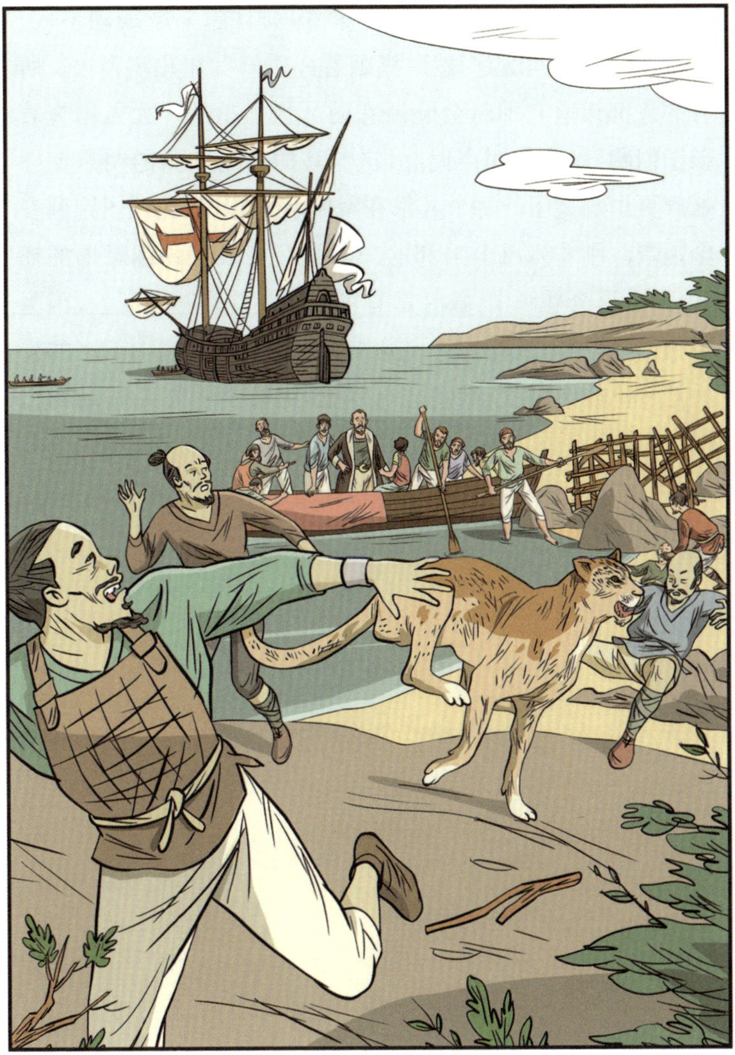

了出来,在沙滩上喘着粗气奔跑着,而且越来越躁动不安。先是随意无方向地跑,然后竟朝着一群妇女和儿童奔去。所有的人都知道它即将会施展它的牙齿和爪子。大人们拖着孩子们跑开了,尖叫声此起彼伏,马的嘶鸣和狗的叫声使呼喊声更加响亮了。每个人都在喊叫,每个人都在试图跑到安全地带。刚才海滩上平和的一幕瞬间变成了一副恐怖的插画,而在这个插画中,随时都有可能有人受伤甚至死亡,因为野猫仍在狂奔,从一头跑到另一头。一个刚从船上下来的士兵把步枪放在肩上,准备进行瞄准,但要击中一个移动的目标并不容易。

"别开枪!"船长少校用训练士兵时的指挥语气命令道。"不要杀它。"

第十二章　长崎任务

如果说没有发生令人心寒的灾难,那也是因为动物看守者的及时干预。看守人是一个瘦高、戴头巾的印度男孩。他动作敏捷,立即组织了突袭,并得到了刚在同一艘驳船上的其他人员的支持,因为他们都是各种动物的饲养员。

人们已经逃上了斜坡,但他们很快意识到高处也并不安全,喊声越来越大,这可能也有帮助,那只大猫也许被喊叫声和混乱场面所惊到,跳起来钻进了灌木丛中。很快它就被看守者和其他动物饲养员包围了。他们用船桨拍打地面,以便把它逼到用厚厚的网子临时搭建的陷阱里。最终,他们成功了。当野猫感到被困住时,发出了十分绝望的尖叫声,好像人们血管中的血液都随之颤动。唯一保持冷静的人,至少从外表上来看,是那个看守者。他镇定自若,并让他的同伴们赶紧再拿一个笼子来,因为他们无法长时间单靠网子就圈住有着如此锋利爪牙的动物。

只有在看到大猫被关进笼子后,人们才平静下来,渐渐地又回到了海滩上。几乎所有的人都忍不住看了看那只让他们惊恐万分的怪猫。然后他们转向看守员,他正把头略微向右和向左倾斜,这个姿势在印度是"满意"的意思。

船长少校先是站着看完了一切,然后又坐在放在沙滩上的一张折叠椅上。他很高兴一切都按他的要求完成了。他又站了起来,下了几个命令。周围熙熙攘攘的人群又恢复如初。船长及其随行人员向常居住的房屋走去。陪同船长的是一些日本人和一位牧师,他担任翻译,因为他在那里已经生活了多年,而且学会了当地的语言。

克里斯托旺把阿伊达和托马斯引向了同一个方向。

"来吧,你们跟我一起去。"

"在哪里?"

"去住的地方。"

"我们也有地方住吗?"

"是的,有啊!我们有教堂和学校,就像在澳门一样。但建筑风格就非常不同了,因为我们的房屋是按照当地的风格建的。你们马上就会看到的。"

上坡的路狭窄而曲折,两边是茂密的灌木丛,地势迫使他们排成一排行进。他们一直走到了传教所所在地的山上。

在那里,他们为眼前的美景所震撼。山坡、海湾还有海水如诗如画,再加上那些房子,除了原始的自然之美外,还有如此人文景观与其融为一体、浑然天成。

"房子是以日式风格建造的,你们喜欢吗?"

"很喜欢!"

"尽管我不知道房子为什么建得那么小巧、那么轻飘飘的,但我第一次看到它的时候,就被它折服了。"

"那为什么会建成这样呢?"

"因为这样的巧妙设计不但令人陶醉,而且可以抵御暴风雨、台风和地震,这些自然灾害在这里非常常见。房屋建造多用木材,而不是石材,就是这个原因。"

"它们看起来好像玩具箱啊。"

"或是音乐盒。"

"除此之外,这种房屋还能更好地保护居民。因为如果土地晃动,那么房屋也会晃动,但不易倒塌。四周的阳台给房子带去了丝丝雅致,而且还能免受暴雨的侵袭。"克里斯托旺一边说着"请进,请进"一边打开门。实际上门是一块很轻的木板,移动时不会发出任何声音。

他们在那屋里待了一会儿,欣赏着没有窗户或玻璃的木墙,但阳光依旧可以从他们从未见过的纸张射入房间。

"这是宣纸。"正在脱鞋的克里斯托旺解释道,"这里习惯把鞋子放在门口。你们的鞋子可以放在我的旁边。"

屋子里没有墙。分隔房间的是可以滑动的木板。有些板上挂着精致的画。地板上覆盖着松软的垫子,触感舒适,仿佛在抚摸着他们的脚底。家具好似都被缩小成了矮桌、小凳子和坐垫。

"简单而舒适,你们不觉得吗?"

"是的。"

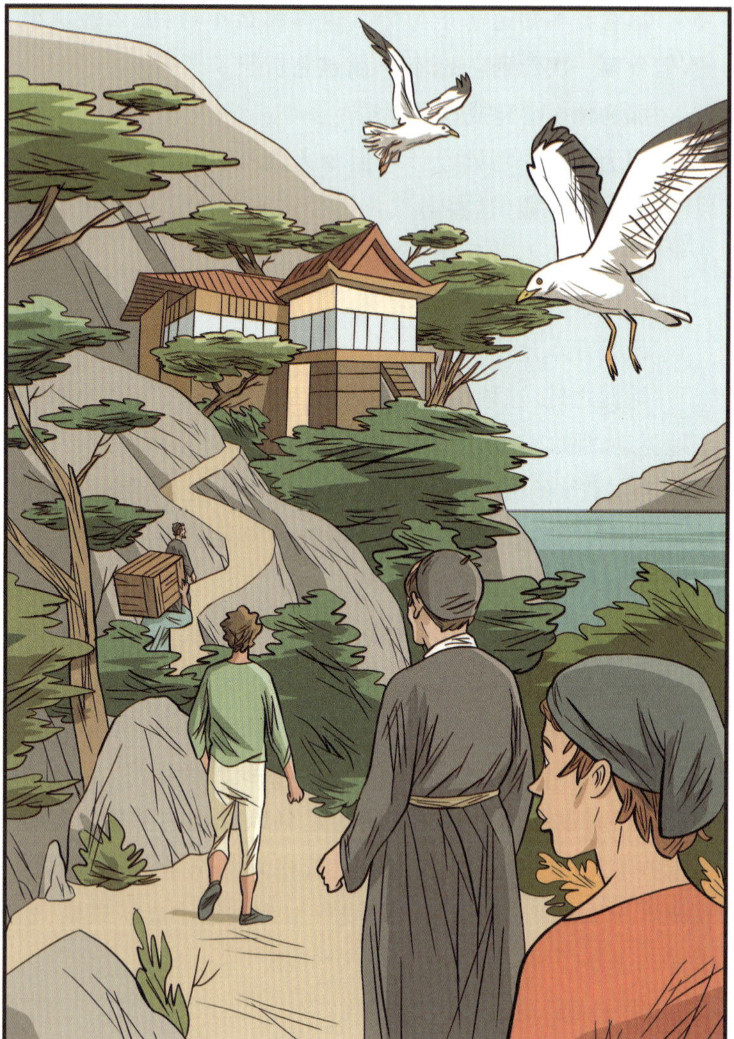

"睡觉怎么办？没有床吗？"

"没有，只有薄薄的床垫和被子。"

托马斯说："我的父母肯定会喜欢这个房子的，因为清理起来很方便。几乎都没什么家具，一点也不麻烦。"

"那他们在哪里做饭？"

"在那边。"

克里斯托旺指了指地上的一个洞，那里插着一块方形的石头，在冬天肯定会作为壁炉使用。

"为了完全融入这片土地，我们必须习惯于用他们的方式吃饭。白米饭、生菜和生鱼。"

"寿司，"阿伊达和托马斯两个人都笑着想到了一起。"这种吃寿司的时尚需要好多年后才能到达欧洲呢。"

在安顿下来之前，他们在住宅周围修剪整齐的花园里散步，并观察着教堂，它看起来完全不像欧洲的建筑。

"我们丰富、壮观的建筑肯定会让当地人感到震惊。但为了与其他民族相处，我们必须理解和接受他们，这样他们也会理解和接受我们。走吧，我们进去吧，我都饿了。"

在回屋的路上，阿伊达和托马斯发现一小群人正忙着准备他们的食物。其中两位是葡萄牙人：路易斯和若昂。他们欣喜地上前拥抱和用拍打背部的方式欢迎他们。另外三个人是非常年轻的日本人，他们站在一边，观察那些热烈的欢迎方式。虽然他们了解这些习惯，但他们还是觉得奇怪。当阿伊达和托马斯走近跟他们打招呼时，他们的手臂垂在身旁,并通过向前倾斜的方式欢迎他们。经过刚才和克里斯托旺的谈话,阿伊达和托马斯强忍着不笑,他们需要适应当地人的方式,可以从简单模仿他们开始。

晚餐进行得很愉快,每个人都坐在垫子上谈天说地、畅所欲言。那只大猫的故事不能不讲,阿伊达终于把一个如鲠在喉的问题讲了出来:

"船长少校阻止他们杀死大猫,难道不冒风险吗?"

"冒风险啊,但还好结局不差。"

"差点儿就没有好结果啊!"托马斯接着说,"有那么几个瞬间大猫离那些带着孩子们的妇女很近很近。"

"的确如此。但船长少校很有经验,他知道看守员会及时赶到的。如果真到万不得已,他也会命令士兵们开枪的。"

"还好没有这么做。"若昂补充说,"大名会对那只大猫很满意的。"

"有道理。"路易斯说,"毕竟是一种很罕见的动物,在印度的山区捕捉它也一定花了很大的气力。"

"而且它从未在这里出现过。"

"礼物越新颖,大名就会越高兴。而且他越高兴,对我们就越宽容。我说的对吧,朋友们?"

"一语中的!"路易斯继续说,"他允许我们工作,而且也不制造冲突。"

"大名是一个喜欢和平的绅士吗?"阿伊达问道。

众人互相看了看,摇了摇头,似乎在说"不是这样的"。

然后他们解释说:

"大名总是在相互争斗。"

"为什么他们要相互争呢?"

"因为他们想要更多的权力,想要支配更多的土地。而当他们成功时,一切都会改变的。"

"目前统治长崎地区的大名已信仰基督教,所以喜欢我们而且欢迎葡萄牙商人。但如果他被另一个大名打败了,那我们可能会被迫害、被驱逐,即使没有做任何伤害他人的事情。"

"如果发生这种情况,除了一切都可能被摧毁之外,我们还将面临被杀的风险,或者更糟糕的:被折磨。在战争中,人会变得很凶残。"

"比大猫更凶猛,"克里斯托旺半开玩笑半认真地说,"我们不要再谈论战争了,明天是当地的一个节日。而我的这两个同伴是第一次当水手,他们还不知道我们要穿上奇装异服去参加晚会游行呢。"

"晚会？我们没有任何衣服可换。"

"我们有。"路易斯神父说，"在隔壁的房子里有几个箱子，里面有很多的衣服供你们选择。游行是为了给大名和这片土地上的所有人留下深刻印象。你知道他们怎么称呼我们吗？南方的野蛮人。用日语说就是南蛮人。"

"他们在海滩上看起来那么友好，见到我们还那么高兴，而现在他们却叫我们是野蛮人？"托马斯愤慨不平地讲道。

"冷静冷静，我的孩子。他们有自己的理由。第一批登岛的葡萄牙人的状态很糟糕。至少看起来很糟糕，因为他们已经在海上漂了很长时间了，甚至都没有来得及清洗自己。"

"他们初次到达时给当地人留下了不好的印象。他们之所以没有被驱逐，只是因为他们带来了当地人从未见过的、令他们震惊的东西：一支步枪。"

"当看到那些衣衫褴褛、拿着一根从远处就能杀鸟的'棍子'的人们，当地人叫他们'南方的野蛮人'也不算是个糟糕的点子。但随着时间的推移，就只剩下这个名字了。无论如何，我们得加强正面形象，表明我们是一个富裕、强大和文明的民族。这就是为什么在游行中，即使是最贫穷的水手也会穿得像王子一样。"

"确实值得一看。"

第十三章　军阀

　　游行队伍的场面已经超出了阿伊达和托马斯所能想象的一切。人和更多的人：年轻人、老年人、贵族、商人、仆人，每个人都戴着高高的帽子，穿着讲究，昂首挺胸地走着，步伐缓慢而庄严。在游行队伍中间就有船长少校，他腰间还挂着两把剑。一个非常年轻的男孩用一把带流苏的金丝伞给他遮挡强光。也许这样做的目的是让当地人觉得他就是葡萄牙的大使。

　　在前面带路的是最显赫的贵族和最富有的商人，他们几乎都带着华丽贵重的礼物来献给大名。

　　在船长少校身后，是身着黑衣的教会人士和普通民众。其中还有搬运工手里拿着的各种类型的箱子和罐子。如果礼物比较轻，就手里捧着；如果礼物分量重，就挂在扁担上。队伍中还有身披豪华马具的光鲜马匹和优雅的猎狗，饲养员控制着这些动物，其自豪感难以掩饰。除此之外，还有鹦鹉、孔雀和其他鸟类，它们的羽毛和人们选择的服装一样五彩缤纷，好像也想在华丽的游行中炫耀一下。

游行的目的是为了给人留下深刻印象。当地人举家从各地赶来,专门看他们游行。这一次,那只大猫在两个人扛着的笼子里打着响鼻,正在争夺船长少校的关注。人们还是有些担心,因为前一天有不少人差点就成为它利爪和尖牙下的受害者。

阿伊达和托马斯以及其他水手也占据了一席之地。他们也在观察当地人对一年一度的奇观的反应。他们感到受宠若惊,因为无论成人、儿童,还是父母怀抱里的婴儿,都抛出了钦佩的眼神。

托马斯紧紧盯着一个身材苗条、美艳动人的日本女孩,她自然而然地回应了他的目光。阿伊达偶然注意到了一些男孩子,他们坐在一起,眼睛在游行队伍和他们的素描画纸上来回扫视。

阿伊达喃喃地说:"我们在被以艺术家的方式画成画。"

"游行是一个很美的绘画主题。"

"但也很困难。只有真正的天赋,才能复制他们所看到的东西。"

"我希望他们能做到这一点,更何况我们两个现在也变成了画中的人物。"

"就我们两个人?"

"当然不是,所有人。但他们完全可以把我们和其他人区分开来,因为我们更特别。"

阿伊达说着就笑了起来。

"太自负了吧!"

"瞧,你瞧,我们要到大名住的地方了。"

"你怎么知道?"

"我知道是因为前面的骑士啊!你没看到吗?"

阿伊达早早就透过前面的水手,看到了那些穿着黑色盔甲、背上挂着旗子的骑士,她不禁吓了一跳。他们的头顶上都顶着同一个大名的标志,因为这种标志既可畏又可怕,暗示了军阀的权力和力量。

"我都起鸡皮疙瘩了,"她一边想,一边穿过骑士们中间,向环绕大名居所的花园入口走去。一个巨大的花园,其中没有任何东西是被随意放进去的:草坪、池塘、树木、灌木、花卉,甚至小路都是以自然为原材料的艺术家们精心设计、组织的。

大名并没有到门口迎接他们。当他们进入要接待船长少校及其随行人员的房子时,阿伊达和托马斯惊讶地发现这里也没有任何家具。在第一个房间里,唯一的装饰品是两块屏风画,也就是克里斯托旺跟他们提过的东西。左边的屏风画的是"黑船"在港口下船的人员和卸下的货物。右边则展现了他们刚刚参加的游行队伍。每次登陆不久后的游行队伍成了当地艺术家灵感的源泉。

"毫无疑问,这位大名喜欢葡萄牙人。"

当阿伊达和托马斯在比第一个房间更大的下一个房间里看到大名时,他们更加惊讶了。因为虽然他衣着华丽,但看起来更像个大老爷,但他并没有坐在什么宝座上,甚至都没有椅子。他直接坐在地板上等着他们,膝盖放在垫子上,跪坐在脚跟上。

"多么尴尬的姿势啊!"他们低声说。

"如果我像他那样坐着,我的腿就会麻的。"

"像这样接待来访者一定是这里的惯例,但随后他会站起来的,对吗?"

奇怪的是,路易斯和其他翻译在一字一句地翻译冗长的仪式性问候时,他岿然不动,也没有表现出丝毫的不舒服。当献礼开始时,阿伊达和托马斯都有些不耐烦了。不仅是他们,其他许多人的脸上也显出疲惫和无聊。

大名对每个人都给予了细致的关注,但对那只大猫,他的反应就活跃多了。他肯定听说了前一天的故事,因为他问了很多问题。他的眼神中夹杂着赞赏和蔑视。他从大猫那里听到了喵喵叫声和兴奋的喃喃声,这都让他很开心。所有人都虔诚地凝视着这一幕。然而,突然间,他们看到的一个骑士进入房间,用低沉的声音在他耳边说话。大名尽管穿着盔甲,却没有弯腰,深深地鞠了一躬,骑士随后就退下了。大名保持了一会儿沉默,然后,他依旧没有站起来,只说了两三句简短的话,路易斯急忙将其翻译出来:

"敌军要打进来了! 要打仗了,我们必须马上撤退!"

话音刚落,"黑船"上的旅客们就冲出了门,把他们的礼品扔了一地,当然也包括被关在笼子里愤怒尖叫的野猫。阿伊达和托马斯跟其他人一样惊慌失措。他俩想挤到克里斯托旺身边,希望得到他的保护。

"他在哪里?"

"他到底去哪了?"

"在那里!"阿伊达惊恐地结结巴巴地说,"你看他在做什么!

克里斯托旺刚刚摘下戴在胸前的吊坠,并把吊坠献给了大名,同时说道:

"愿上帝保佑你。"

"金核桃!我们的那半颗!"

阿伊达迅速跑过去,从克里斯托旺手中抢了过来。克里斯托旺都被吓呆了。然后阿伊达惊慌地跑开,大喊着找托马斯,而托马斯在此期间已经从他的腰间取出了另一半。

"合上它们!拜托!快点合上它们!"。

两名警卫已经在去逮捕他们的路上。此时阿伊达和托马斯已经进到了有屏风画的房间,他们一边跑,一边试图把金核桃合在一起。确实不是一件容易的事。但突然间,咔嚓一声,两半金核桃结合在了一起,他们也在一片金色云彩的包裹下失去了知觉。

没有人会知道,当警卫把手放在他们身上时,看到的竟是他们渐渐消失的身体。不知道警卫们会如何想。还有克里斯托旺,他会因他的手下的行为而愤怒和蒙羞。不知道他又是如何解释他们的消失,因为克里斯托旺和其他旅行者从此再没看到阿伊达和托马斯。

而另一边,晕晕乎乎、迷惑不解的阿伊达和托马斯渐渐恢复了意识。他们在一个没有其他人的厅里醒了过来。托马斯站了起来，把阿伊达拉到他身边，并环顾四周。

"我们这是在哪儿？"

"古代艺术博物馆，屏风展示区。"一位刚进来的矮个子女士说，"你们在找什么作品吗？我在这里工作，我可以帮助你们。这个博物馆大得很。"

直到这时，他们才注意到，在他们身后是他们俩在大名家里看到的屏风。

"这些……这些屏幕是从日本带来的，是吗？"托马斯得说点什么。

"是的，是的。我看你们很了解历史嘛。"

她微笑着走开了，只留下他们独自思考他们被迫参与的一切场景。

"佩德罗·孙老师得给我们一个解释，因为我太想知道到底发生了什么。"

"至少现在我们弄清楚了一件事：我们又回到了我们的时代和我们的土地。"

"还穿着我们自己的衣服。"

托马斯将手伸进口袋，他非常高兴地在手指间感觉到了他的手机。托马斯瞥了一眼屏幕，他惊呆了。

"你想知道我们的旅程持续了多长时间吗，阿伊达？三个小时！"

"三小时？全部？"

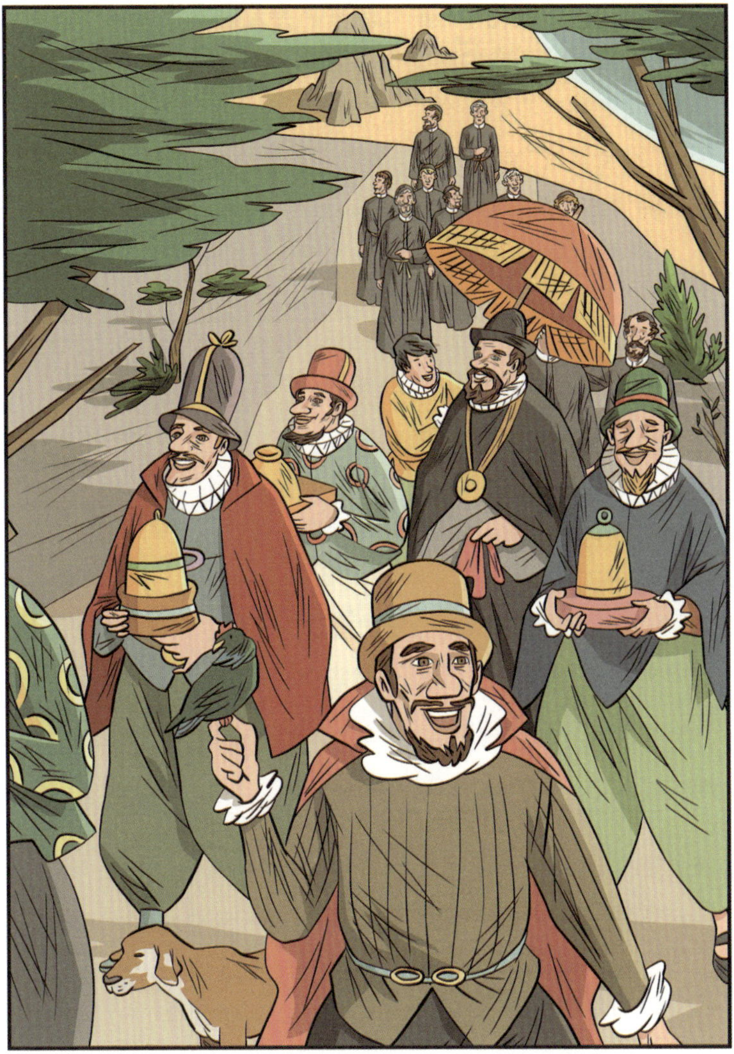

"澳门科学文化中心的体验真是让人难以置信啊。"

"太特别了！我们必须得再回去。"

"我不知道我是否会冒这个险。"

"我会冒这个险，而且我会告诉你为什么。"

阿伊达和托马斯向出口走去，托马斯用手搂着她的肩膀。

"你感觉如何？"

"晕晕的，但很清醒。"

"那么你听着，在我看来，'黑船'模型突破了空间和时间的界限。我们被吸进去了。我们刚刚所经历的一切，是因为画在屏风上的船——现在属于古代艺术博物馆——是它把我们带回来的。"

"我同意。"

"等等，我还没有说完呢。你还记得出现在'黑船'模型上的那些声音和走动的微型人形吗？"

"记得。"

"也许他们是在我们之前就已经被吸进去的人的缩影。也许谁进来都会在那里留下一个小图像。我忍不住要去看看我们现在是不是也在那里。如果你不愿意，就不要来。但我要回到荣奎街 30 号去弄清楚这个

问题。"

"我和你一起去！但必须得在佩德罗·孙老师回答了我们的问题之后。我得要一个解释！"

托马斯微笑着盯着阿伊达。

"你是可以提出要求，不过他只会给你一个数学范畴上的解释！"

历史信息

从未航行过的海洋

1498年达·伽马的印度之行是改变人类历史的一座里程碑,因为它证明了欧洲和印度之间的海上航路是可行的:绕过非洲,跨越印度洋。当时还未曾有哪个欧洲人或非洲人进行过类似航行。许多其他民族一度认为那是一项不可能完成的任务,而葡萄牙人民却实现了这一壮举。

这一事件不是一个偶然的结果,它始于那些不愿受限的人的梦想,成于坚持不懈的努力。这中间需要勇气、决心、计划、投资、牺牲和毅力,以抵御无数的困难。航海大发现虽跨越葡萄牙若干个统治时期,但从未停止,并且总以崭新的热情向前推进。这让葡萄牙人与其他民族建立了紧密的联系,了解了异国的文化。由于对星象、风向和海流的研究以及船舶和导航仪器的改进,葡萄牙人扩展了对海洋和陆地的认知,确定了越来越精准的航海线路,并绘制了更为完整且更加接近现实的地图。

当葡萄牙人最终到达预期目的地——印度时,曼努埃尔一世登上了王位,并被人民昵称为"幸运的人"。对葡萄牙来说,成功抵达印度是一项大胆任务的最高成就;对世界其他地区而言,则是促进各大洲人民之间联系和亲近的一大步,在此基础上推动了全世界的沟通和交流。在葡萄牙人心里去向更远处的冲动始终存在,在达·伽马航行后的几年,葡萄牙船只已经开始冒险前往更远的东方。葡萄牙人从印度航行到马六甲,再从马六甲到中国,再后来从中国到日本,这一路驶来他们从不缺接踵而至的新闻、邦交、生意甚至统治。

葡萄牙人在印度和日本之间历次航行的简要年表

- 1498 年:由达·伽马指挥的舰队完成了通往印度的海路发现之旅。
- 1500 年至 1508 年:由葡萄牙国王组织的十多支舰队从里斯本出发到达印度。从此,葡萄牙人定居在印度各地并组织探险队前往非洲东海岸、印度西海岸、波斯湾、阿拉伯地区和红海的各个港口和岛屿。在这一时期,葡萄牙人不仅进行了殖民统治,还与一些当地政府建立了联盟关系,特别是在肯尼亚的马林迪和印度的科钦,葡萄牙人兴建了若干堡垒以保护过往船只和留守人民的安全。
- 1509 年:一支由迪奥戈·洛佩斯·塞奎拉指挥的舰

队到达马六甲。

- 1511年：前一年征服了印度果阿的阿方索·德·阿尔布克尔克征服了马六甲，他下令在马六甲建造堡垒。弗朗西斯科·塞朗到达马鲁古群岛。

- 1512年：每年约有1200名葡萄牙人从里斯本出发前往印度。其中一位名叫托梅·皮雷斯的葡萄牙人在马六甲停留了一段时间，著有《东方摘要》一书。他在书中细致地描述了东方的风土人情和富饶的景象。

- 1513年：乔治·阿尔瓦雷斯和一队葡萄牙人乘坐一艘中式帆船在中国的珠江入海口屯门登陆。他们是第一批从海上到达中国的欧洲人。

- 1514年至1541年：里斯本和印度之间的航线以及葡萄牙船只在印度洋和中国海域的航行趋于稳定。

- 1519年：葡萄牙人费迪南·德·麦哲伦受命于西班牙国王，从塞维利亚出发开始第一次环球航行。因费迪南·德·麦哲伦死于菲律宾的麦克坦岛，航行由塞巴斯蒂安·德·卡诺指挥，于1522年结束。

- 1542年至1543年：葡萄牙人安东尼奥·德·莫塔、弗朗西斯科·泽莫托和安东尼奥·佩索托在中国海域航行时，被风暴卷走，最终在日本种子岛登岸。他们是第一批踏上日本土地的欧洲人。

另一位葡萄牙人费迪南·门德斯·平托因撰写《朝圣之旅》一书而闻名于世，他在书中讲述了在东方20年生活中经

历的神话般的冒险。他证实是在弗朗西斯科·泽莫托的陪同下进行的旅行,而弗朗西斯科·泽莫托本人应该是第一个在日本登岸的葡萄牙人。

航海大发现时期的中国

中国幅员辽阔,拥有各种地貌:山区、平原、沙漠、森林、干旱和半干旱地区、江河湖泊和用于交通和灌溉的运河网。中国拥有古老的文明,拥有许多发明和发现,而西方国家直到许多世纪后才知道、应用或重新发明它们。中国的文字是世界上第六古老的文字,大约出现在公元前 1500 年。

由众多民族组成的中国,在公元前三世纪就实现了政治上的统一,当时秦朝的第一个皇帝秦始皇成功地实现了领土统一。

秦始皇开始修建中国的长城，以阻止当时从北方入侵的好战民族，主要是蒙古人。其他强大的王朝纷纷登上历史舞台，分分合合。在三国时期，国家一分为三。从公元10世纪开始，在宋朝第一个皇帝的领导下，中国再一次实现一统。从那时起，贸易得到了发展，此后的四个世纪，中国成为东方最大的贸易国。

宋朝创造的执政模式，给国家带来了极大的稳定。皇帝将所有权力握在手中，并依靠代表皇帝的官员[①]。当时，官员们都是通过各种类型的国家测试，千里挑一选拔出来的。只有那些优秀人才才能在宫廷中获得一席之地，或在某个下属地区代表皇权。当时，仕途之路的努力是非常值得的，因为无论谁在考试中获得成功，都会功成名就，这些人的智慧、文化和能力使其迅速高升。

1271年，蒙古族成功地扎根中原地区，并建立了元朝。他们保留了相同的执政系统，并采纳和接受了许多当地的习俗。1368年，蒙古对中原的统治退出历史舞台，明朝粉墨登场。明朝也坚持了同样的统治模式，皇帝们将首都迁至北京。

在同一时代，中国瓷器陶器的制造工艺越发精湛，陶瓷

[①] 当葡萄牙人到达中国时，他们意识到代表皇帝的官员有很大的指挥权。因此，他们称其为"mandarins"（葡萄牙语中代表"要员"）。从此，这个名字就这样留了下来。

制品品质卓越；而丝绸，本来就是备受赞赏的中国产品，变得更加完美。

在明朝第三位皇帝永乐①时期，在郑和的指挥下，组织了七次海上远航。巨大的船舶，沿着印度西海岸、阿拉伯南海岸航行，在最后一次航行中到达了非洲东海岸。郑和在下西洋的若干年里，用中国的货物换取、买卖其他货物，并赚取了丰厚的利润。但此后，新皇帝认为不值得再派船去非洲，因为对外航行的计划已停止。随后，即在1433年，在达·伽马开始航行的半个世纪前，中国人就停止了在印度洋的航行。

葡萄牙人在中国

第一个通过海洋到达中国的欧洲人是葡萄牙人乔治·阿尔瓦雷斯。1513年，他在屯门岛停靠，并在那里留下了印有曼努埃尔一世国王武器徽章的标志。随后，他参与了各种商业交流。虽然我们无法考证他出售或购买了哪些产品，但可以认为他的选择都很好，因为与中国生意往来的名声很快就传到了葡萄牙国王本人的耳朵里。四年后，曼努埃尔派药商托梅·皮雷斯前往中国执行公务。他意在与中国皇帝建立外交和商业关系。为什么是一个药商而不是像先前惯例那样派一个贵族呢？答案很简单。托梅·皮雷斯会说很多

---

① 永乐皇帝，继位时间为1402年至1424年间。

语言。他了解东方,因为他曾在印度和马六甲生活过。他还拥有一个深受中国人赞赏的品质:年龄。只有一个有威望的人才会被认为是驻中国的大使。

虽然曼努埃尔一世的选择是正确的,但一切都始料未及。托梅·皮雷斯在费尔南·佩雷斯·德·安德拉德领导的舰队中,而费尔南是一个贵族、一位大胆的年轻人。他为了表明其入境意图是和平的,在进入中国港口时,他举起了葡萄牙国旗,并向空中发射大炮,以礼炮表示友好敬礼。然而,主人们的理解是负面的。那些向他们家开炮的人是谁?没过多久双方就发生了冲突。尽管他们做出了必要的解释,但不信任的气氛依然持续存在。

费尔南·佩雷斯·德·安德拉德回到马六甲,留下了托梅·皮雷斯等待被皇帝接见,但等待时间十分漫长。在他们抵达五个月后,葡萄牙人才获批授权上岸,而只授权了包括翻译在内的二十八个人。葡萄牙人认为,在广州上岸意味着他们即将得到皇帝的接见。纯粹的错误!在整整一年的时间里,他们在广州的街道上徘徊,不知道到底该如何生活。当他们接到命令,让他们沿河而上到达南京时,他们已经心灰意冷了。然而,他们在那里又得知了另一个令人不安的消息。皇帝虽在行宫里,但只打算在首都北京接待他们。于是,他们再次出发。也许是由于步伐的不同,他们比皇帝早到达北京。他们该怎么做? 等待,继续等待。

与此同时,另一支葡萄牙舰队由西蒙·德·安德拉德指挥。他是一个脾气火爆且不敬业的葡萄牙贵族,在中国沿海定居做生意,却不屑于了解当地的规则是什么。他的一系列行为给他赢得了可怕的名声。甚至他还打了一个收税的官员。在对抗结束之后,西蒙·德·安德拉德被迫上船逃走了。几天后,广州城门上贴出了一份诏书,用金字宣布禁止留有胡须、大眼睛的白皮肤男子进入。

西蒙·德·安德拉德的豪言壮语带来了悲剧性的后果。他破坏了双方的贸易。皇帝甚至不愿接待托梅·皮雷斯。然而,商人们总是设法突破禁令,当局也总是设法视而不见,所以在中国沿海采购和销售还在继续进行。即便是在禁止与外国人贸易的时期,葡萄牙人也在福建沿海地区和宁波建立了贸易站,并经常出入今天的珠海和上川岛港。葡萄牙人在那里主要购买瓷器、餐具、丝绸和黄金,这些物品被销往印度、葡萄牙和欧洲国家。

来自中国的货物贸易相当有利可图。当葡萄牙人到日本时,也开始与日本人进行贸易,而且获利情况变得更好。

1550年,广州的官员正式授权葡萄牙人每六个月可进入该市,参加在那里举行的交易会。正是在这种背景下,才出现了葡萄牙人在澳门定居的可能性。许多商人在澳门半岛定居并长期留在那里。关于澳门建立的确切日期及原因虽没有正式的书面记录,但有几个与海盗和风暴有关的故事和传说。

关于澳门由来的故事和传说

澳门海盗张西老说

珠江口的半岛已经落入可怕的海盗张西老手中。他领导着几个流氓团伙。他们组织了对周边地区的猛烈攻击,并袭击任何途经的船只。很多驱逐尝试都以失败告终。直到有一天,葡萄牙船只带着大炮抵达此处并击败了他们。张西老因失败而蒙羞,随即自杀了。皇帝听说后,非常高兴这些恶霸得到了惩罚。为了补偿葡萄牙人,他授权他们在澳门半岛建立一个城市。这个传说还有另外一个版本:广州的官吏要求葡萄牙人帮助他们赶走张西老,并在珠江口巡逻。作为回报,他们允许葡萄牙人在此地建立一个城市。

中国海域台风说

故事是这样的:1557年,一艘葡萄牙船只在公海遭遇了一场可怕的台风,沉没在了中国海岸附近。当时虽然葡萄牙人获救,但货物损失惨重,完全被海水浸泡。为了防止货物腐烂,水手们要求在当地停留一段时间,至少要等到货物全部干透了再走。从此,他们就留在了澳门……

在澳门的中国人和葡萄牙人

随着澳门的发展,中国人的街区也在不断扩大。中葡两个社区友好地共存,并相互进行贸易往来,但并没有真正融合。因为双方生活在不同的区域,甚至还有一堵墙作为中国区和葡萄牙区之间的一种界限。

但两方人民之间的频繁接触总是会引发彼此生活方式的改变。澳门的情况也是如此,不过是以一种更微妙的方式。每个群体继续说着自己的语言,信奉自己的宗教,按照自己的传统养育后代,保留自己的饮食和服饰习惯,按照自己的审美模式建设城市。但总有一些细节还是可以看出互融互通的部分。例如:那些被认为是葡萄牙房屋的典型特征的拱形屋檐——实际上来自东方。

关闸边检大楼

1573年,中国人在澳门半岛和大陆之间的地峡上修建了一道墙,以表明他们接受葡萄牙人在这片土地上的存在,但希望保持对进入和离开中国的控制。因此,这堵墙起到了边界的作用,并有一扇按照规则打开的门。在早期,它只在早上开放,晚上关闭。入口和出口始终处于监视之下,没有特定的理由,人们不允许从一边通过到另一边。这条边界被称为"界门"或"关闸"。

关闸边检大楼。澳门老明信片。提供者：若昂·罗雷罗

葡萄牙人在澳门的生活

早期，几乎所有在澳门定居的葡萄牙男子都与亚洲妇女通婚，并组建家庭。这样的社区规模越来越大。葡萄牙父母的孩子接受宗教洗礼并在基督教环境中长大。他们大多都起葡萄牙语名字，说葡萄牙语。但是，女孩们都穿着东方服装样式的丝袍。大多数住户都从事贸易活动，这给他们带来了非常可观的收入。因此，他们可以更好地建造房屋、雇用仆人甚至购买奴隶。妻子和儿女们去教堂等地时往往会在佣人陪同下外出。至于男人们，他们登船前往日本、马六甲

或沿珠江而上,在中国的广州交易会上做买卖。

广州交易会

广州当时是一个允许葡萄牙商人进入的中国城市。葡萄牙人们乘船驶入珠江,在城市附近停靠。白天,他们可以下船自由活动,但到了晚上,他们得回到船上,因为当时政府规定不希望外国人在陆地上过夜。这种航行每年会进行两次,一次在冬季,一次在夏季。当生意较淡的时候,葡萄牙人在那里一般会停留两三个月。

航海大发现时期的宗教背景

在航海大发现时期,大多数欧洲人都信奉基督教,并都怀有一种想法:他们有义务将基督教传给所有与他们接触的民族。许多传教士带着这样的愿望离开了里斯本前往非洲、巴西、印度和远东。有些是普通牧师,有些则属于某个宗教团体,例如方济会、多米尼加会或耶稣会。

圣弗朗西斯·泽维尔是一名耶稣会士,他是第一个在东方传播基督教的传教士。他于1542年抵达果阿,在印度的那些年里,他设法使成千上万的人皈依了基督教。随后,他前往马六甲,访问了安博因岛、摩洛岛和特尔纳特岛,并于1549年前往日本,在那里建立了一个持续近一个世纪的传教组织。

圣保罗废墟，二巴屹立五百年

1563年，耶稣会士在澳门定居。他们在半岛最高的山丘上建造了一座住宅，然后又建造了一所学院和一座教堂——圣母教堂。由于与圣保罗学院相连，因此也被称为圣保罗教堂，并在某种程度上成为该地区的一个地标性建筑。

如今这座建筑只剩下外墙了，因为内部已被烧毁。但通过旅行者的描述，我们可以想象得到其内部的美丽：三座大殿、镀金木雕祭坛、拱形天花板、中国艺术家用红蓝两色绘制的画作，以及用一种叫"binoki"（一种从日本带来的柏树）的木材做的装饰。

圣保罗学院是一所神学院，为来自欧洲的传教士去日本和亚洲其他地区传播基督教做准备。一些耶稣会传教士也会讲述一些科学知识,这给中国的皇帝留下了深刻的印象,他们因此而闻名。这些牧师很有意识地学习说中文,并接受这片土地上的习俗和仪式,以便他们能够更容易地融入和进行交流。例如:他们留起了长长的胡须,并穿起了中国的服装。

马特乌斯·里奇(利玛窦)用他的知识吸引了皇帝,并展示了一幅以中国为中心的世界地图。

亚当·沙尔(汤若望)将中国的农历和欧洲的阳历建立起了联系。这项工作极为重要,因为农历对葡萄牙人来说很难精准确定一年的季节。从那时起,了解中国不同地区的播种和收获时间就变得更加容易。

费尔南多·韦尔比斯特(南怀仁)是一位擅长光学的数学家和天文学家。他在宫中安装的天文镜(一种望远镜)令朝廷感到惊讶。由于皇帝的妃子们需要恪守严格的礼仪,她们无法自由上街,然而通过望远镜,就能够看到宫墙之外发生的事情了。

航海大发现时期的日本

日本是一个由九州、四国、本州和北海道四个大岛,以及许多小岛组成的群岛。

日本人虽然与中国以及亚洲其他地区建立了联系,但很少与其他民族混合。他们始终较为封闭,甚至限制与外部世界的贸易往来。日本的传统宗教——神道教,主要基于信仰

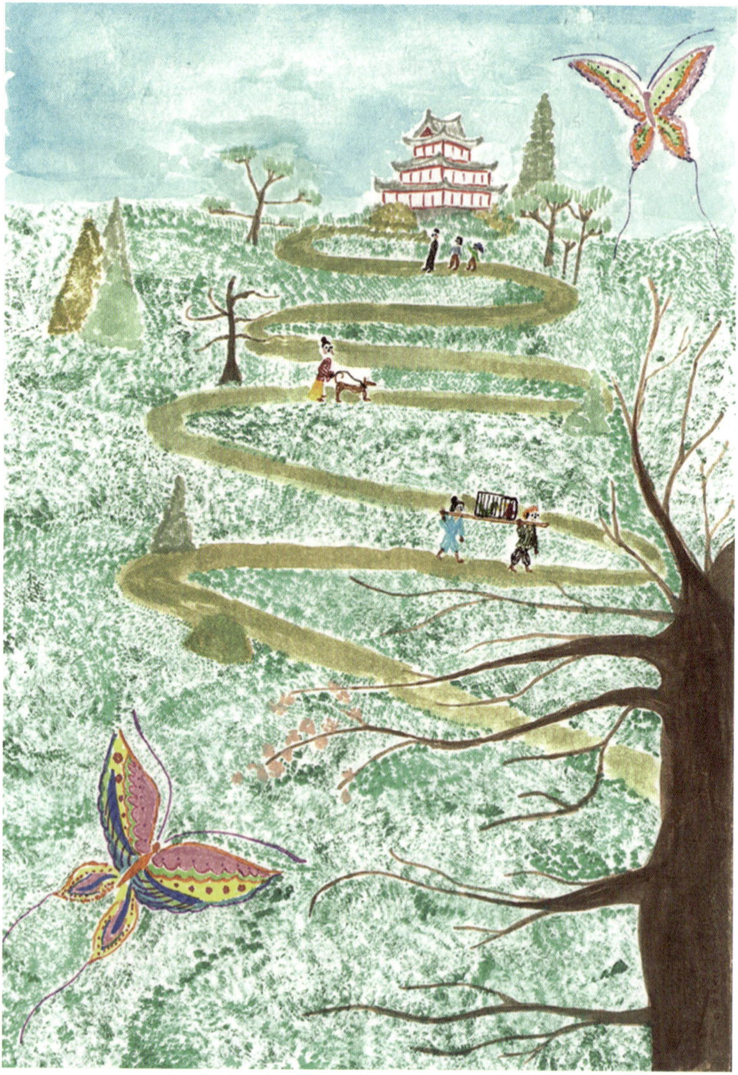

自然力量和对祖先灵魂的崇敬。尽管他们与世隔绝,但也在宗教领域受到了一定的影响:佛教成了一种民族宗教。

几个世纪以来,日本一直由天皇统治着。但也有一些大领主拥有土地、人民和城堡,这些领主被称为大名。他们拥有自己的私人军队,一般由以勇气和武艺技巧著称的武士组成。武士们腰间总是配着两把剑。如果有必要,他们会为所服务的主人献出生命。大名之间经常互相争斗。1192年,一位大名成功地击败了所有人,并在整个日本获得了极强的影响力。他甚至把天皇关在宫里,仅向他献上所有的贡品,但不给实权。除此之外,他想把自己与其他大名区分开来,于是采用了幕府将军的头衔,也就是"总司令"的意思。这个头衔至今依然存在,并且好几个王朝都有幕府将军。当1543年葡萄牙人抵达日本时,足利义满——一位幕府将军——正在执政。当时仍存在一位天皇和许多大名以及他们的武士军队。

日本离欧洲如此遥远,以至于许多世纪以来欧洲没有人知道它的存在。第一个消息是由一个来自威尼斯的人带去欧洲的。他叫马可·波罗。在一次航行中,他到达了中国,在那里他听说有一个叫西班固的国家,除了岛屿之外什么都没有。在欧洲,几乎没有人相信他的所见所闻,人们认为他是一个骗子或者是一个空想家。

葡萄牙人在日本

葡萄牙人是在日本登陆的第一批欧洲人,更确切地说,是在日本一个叫种子岛的小岛上登陆的。他们在乘坐去中国的船只时,遇到了风暴,被阴差阳错地拖到种子岛。船上有三个人:安东尼奥·德·莫塔、弗朗西斯科·泽莫托和安东尼·佩克索托。

这次相遇对葡萄牙人和日本人来说都是一个惊喜。日本人不知道这些浅色皮肤、圆眼睛的外国人是从哪里来的,而葡萄牙人也惊奇地发现,这个世界的东西与他们以前所看到的完全不同。

由于一名中国人的帮助,他们成功地理解了对方的意思。因为虽然中国和日本的语言不同,但文字却非常相似。这位翻译用棍子在沙地上写出字来,使他们能够理解对方的问题和答案。

其中,日本人最好奇的就是葡萄牙人随身携带的一个物品:步枪。日本人当时并不熟悉火器,对那种能在远处产生闪光和爆炸的物体感到惊奇。他们急切想知道制造步枪的秘诀。而葡萄牙人在他们眼里是长着长鼻子、穿着奇怪服装的人,他们称之为南蛮人,意思是南方的野蛮人。

1543年至1550年期间,许多葡萄牙个人冒险到日本进行贸易。费尔南·门德斯·平托作为一名士兵、商人、走私者、海盗、传教士和大使,在海洋和遥远的土地之间旅行了近二十一年。他留下了一份关于葡萄牙人和日本人之间接触的充满细节的书面记录。他被俘虏了十三次,被作为奴隶卖了十七次,又经历了无以计数的冒险,然而却都有一个圆满的结局。他并不是唯一一个生活在东方并参与非比寻常事件的葡萄牙人,但他却是少数几个记录此经历且写得非常好的人之一。这就是为什么他今天在全世界都很有名。在他的《朝圣之路》一书中,他声称自己是弗朗西斯科·泽莫托团队的一员,而他是第一个在种子岛登陆的欧洲人。在他记录的故事中,似乎每一集都比上一集更令人叹为观止。当然它也涵盖了日本第一支步枪的故事。这支步枪是他的同伴朗西斯科·泽莫托在一次猎鸭活动后献给该岛总管的。

真正有趣的是在日本的第二支步枪的故事,是费尔南·门德斯·平托本人的故事,在另一个叫九州的岛上,而且还涉及一个强大的大名家族。他本人叙述说,在展示了步枪并进行了几次射击表演后,他令在场的观众感到吃惊。然而,最好奇的是大名的第二个儿子。他不停地追问:"教我如何射击,我想掌握那把枪。"朗西斯科·泽莫托担心男孩会伤到自己。于是,他为自己辩解说:"在枪管里装上火药并扣动扳机是一种极其困难的艺术,需要很长时间才能学会。"然而,这个男孩是个倔强的少年,他并没有放弃。他总是在寻找机会,一次趁着葡萄牙人打盹,他拿起了步枪,在枪管里塞满了他认为适量的火药,并"……砰!"引发了一场爆炸。爆炸中枪声猛烈。

那个男孩浑身是血,右手的大拇指还被缠住,渐渐整个人失去了知觉。好不容易那个男孩醒了过来,解释了一切并承担了所有的责任,还要求他的父亲饶恕这个外国人,甚至激进地威胁说:"如果你杀了他,我就会再死一次。"大名只好同意饶恕了费尔南·门德斯·平托,但要求步枪的主人修复它所造成的伤害。这就是费尔南·门德斯·平托,他除了上述经历,还成功地履行了一位护士和外科医生的职能。

费尔南·门德斯·平托在他的书中讲述的另一个故事:他给一个叫安吉罗的日本人提供帮助,这个人惊慌失措地逃亡,一直逃到海滩,他恳求能够上船。虽然我们不知道费尔南·门德斯·平托是真的目睹了这一幕,还是只听到了别人讲述这一幕。但众所周知,安吉罗确实存在,他被迫逃离了自己的国家,而且登上了一艘葡萄牙船,前往马六甲。在那里,他遇到了一个叫弗朗西斯科·哈维尔的传教士,他们还成了朋友。安吉罗向弗朗西斯科·哈维尔详细讲述了他的祖国。弗朗西斯科·哈维尔对去日本宣扬基督教的想法充满热情,于是,他向印度总督提出建议,且被采纳了。于是,1549年,第一批基督教传教士在九州岛的鹿儿岛市登陆。他们是弗朗西斯科·哈维尔和另外两名耶稣会士:科斯梅·德·托雷斯和若昂·费尔南德斯。他们的布道非常成功,甚至有人邀请他们讲道,因为对他们所谈论的新宗教和文化产生了浓厚的兴趣。当时已经以圣·菲·保罗的基督教名字接受洗礼的安吉罗担任了翻译。

在弗朗西斯·泽维尔的榜样力量下,许多其他传教士陆续在日本登陆。他们在当地建立了教堂和神学院,用日语写了一些关于基督教的书籍,想让更多的大名和其土地上的男男女女信仰此宗教。

航海大发现时期的中日贸易

在葡萄牙人还是唯一在远东航行的欧洲人时,中国和日本之间往来很少。葡萄牙人意识到,他们可以成为两国间贸易的中间人,并且这项业务可能非常有利可图。然而,为了来回运输大量的货物,他们需要安全的港口停泊船只,并需要在那里建造仓库和房屋。

在中国,他们定居在澳门。在日本,他们向日本当局请示后,日本当局最终认为葡萄牙商人的存在是对自己有益的,于是给予了他们在日本海岸港口停泊船只的便利权。

1550年,由于在日本的生意开始带来丰厚的利润,葡萄牙国王若昂三世决定设立日本航行总船长一职。由于这一职位可以带去声望并迅速致富,所以非常抢手。若昂三世最终只将此职位授予已在为王室服务的贵族男子。

葡萄牙人的东方之旅和日本航线

在16和17世纪,有两条连接里斯本和东方的航线,却只有葡萄牙人航行其中,因为教皇当时颁发了公文,授予葡萄牙在南大西洋、印度洋和中国海航行的专属权利。西班牙人拥有在《托尔德西拉斯条约》确定的子午线以西的世界区域内航行的专属权利。

日本的航线并不是从里斯本开始的。船只从印度葡萄牙政府所在地果阿市出发,经过马六甲、中国的澳门,再到达日本。早年间,葡萄牙船只停靠在不同的日本港口,但从1571年开始,几乎只停靠在长崎。

"黑船"

日本的少校船长自费武装起一艘在印度和日本之间航行的巨大的帆船,它由葡萄牙人在印度的造船厂建造,船体使用耐腐蚀的柚木为材料。葡萄牙人称这艘船为"Nau do Trato",即贸易之船。日本人称它为"kurofuné",可能是由于船体的颜色较深,因为这个单词在日语的意思为"黑船"。

这艘大船有好几个船舱,可以运输多达两千吨的货物。

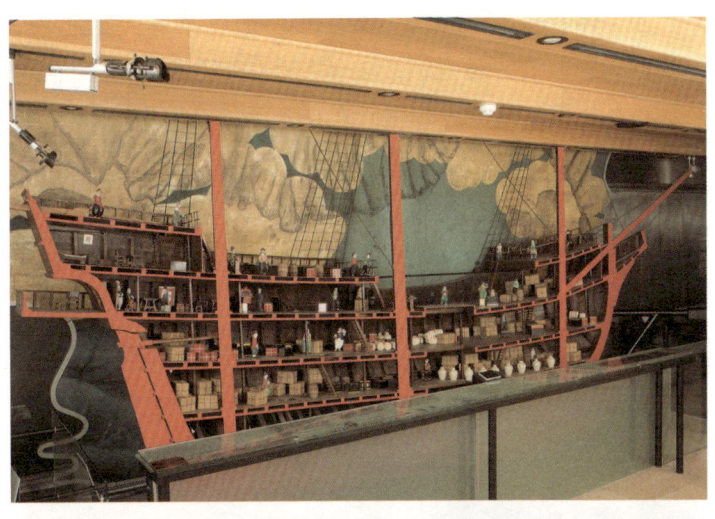

黑船上的人形模型，里斯本澳门科技文化中心。

当时因为每个港口都有生意往来，都需装载货物，而且货物的种类也非常多。在果阿，有从欧洲运到那里的织物，主要是棉布和印花布，还有手表、玻璃和水晶，以及来自葡萄牙的葡萄酒。阿拉伯的马也被装上了船，还有亚洲动物，它们都一同被献给了日本的大领主。在马六甲可以购买香料、珍贵和芳香的木材以及动物的皮毛。在澳门，人们会购买来自中国的产品，特别是生丝以及加工过的生丝、瓷器餐具、珍珠和黄金。在日本，主要商品则是银条、铜、剑、丝绸和服、漆器和涂有金箔的屏风。

为了避免风暴，当时船只航行会尽可能利用最有利的气象条件，所以了解风向和海流是必不可少的。这就是为

什么从果阿出发的时间总是在四月份或五月份,而且在马六甲停留的时间总是很短。一般在澳门的停留时间为十至十二个月,因为可以便于商人有时间沿珠江或西江而上,前往中国城市广州去购买中国产品,特别是丝绸,因为丝绸可以换取银条和瓷器,之后这些货物会被送往果阿,然后再送往欧洲。

从澳门出发的时间是七月和八月份之间。如果季风有利的,大约需要一个月的时间来横渡中国海域。一般在八月和九月份之间可以抵达日本。葡萄牙人通常会在日本逗留两个月,然后会在十月和十一月之间启航返回果阿。

谁乘坐"黑船"

"黑船"上约有三百多人,而最重要的人物是日本地区的船长少校,他是一位受封的贵族成员。受封条件就是他要武装"黑船"。当时只有贵族才会被选中,因为只有他们才有财富或手段来筹集足够的钱来支付庞大的开支并且雇佣船员。其中船员就包括飞行员、掌舵人和水手,以及知道如何处理大炮和其他武器的军师,以便在遭到海盗袭击时确保"黑船"的安全。

该船上还载有致力于在信奉其他宗教的人中传播基督教的传教士们。除此之外,还有许多想购买和销售产品的商人,他们则是带着做生意和赚取丰厚利润的目的而来的。

有趣的是,"黑船"从未被海盗或其他船只袭击过。可能是因为它给那些见到过它的人留下了深刻的印象:巨大且声名在外;更是因为它携带的大炮和其他武器、葡萄牙军人和非常多的乘客。所以说"黑船"为商人提供了安全的庇护。通常"黑船"的船舱里装着巨大的财富,甚至可以说是座宝藏。

当时,也有葡萄牙冒险家愿自担风险,改乘小船(通常是中式船)从澳门前往日本去做生意。有时他们会成功抵达,但有时他们也会遭遇海难,或被海盗袭击,甚至人财两空。对这些人来说,航海就代表着巨大的风险。

南蛮屏风,葡萄牙国家古代艺术博物馆博物馆展览。
葡萄牙文化遗产总局 弗朗西斯科·马提斯供图。

"黑船"和日本艺术中的葡萄牙人

南蛮屏风

传统的日本房屋为了抵御大风、暴风雨和地震而设计。在日本有时会毫无征兆地摇晃起来。这就是为什么在日本房屋都建造得很小巧、结实、轻盈并有弹性。如果地面晃动,房屋也会跟着晃动,并不会很容易倒塌。

房屋内部空间的划分并不固定,有一些隔板可以根据高度滑进滑出。这些隔断大多都是用木质屏风制作的,它们的重量很轻,很容易从一边运到另一边。屏风的内部装满了宣纸,表面用金箔装饰,并有用矿物颜料所描绘的非常精致的绘画。

南蛮屏风，葡萄牙国家古代艺术博物馆展览。
葡萄牙文化遗产总局弗朗西斯科·马提斯供图。

葡萄牙人的到来对屏风绘画产生了一定的影响。一些艺术家被每年一次停泊在长崎港的"黑船"所吸引。他们抛开了通常用来装饰屏风的图案、画面，而是致力于描绘从世界另一端抵达日本的人们到达日本港口的场景。

这就是著名的南蛮船图屏风的形成过程。幸运的是，其中有91幅屏风完整地保存至今，大部分都在博物馆里展出。通过屏风，葡萄牙人可以看到当年日本人眼中的"黑船"看起来非常巨大，事实也如此。有桅杆、绳索、瞭望篮……水手们爬上绳索，表演着令人难以置信的"杂技"，其中一些动作匪夷所思。对日本人来说，"黑船"和船上的人尽管是真实存在过的，但始终保留了一丝神秘。

南蛮屏风的中心主题是每年抵达日本的葡萄牙"黑船"，

南蛮屏风,葡萄牙国家古代艺术博物馆展览。葡萄牙文化遗产总局路易莎·奥利维拉、若泽·保罗·鲁阿斯供图。

以及乘客和船员下船的场景,还有驻扎在当地等待船员的葡萄牙传教士和日本人碰面的情景。

其中一个屏风显示了停在港口的黑船上的水手们,他们挂在船上的缆绳上,表演杂技,而各路人则把货物和乘客带到海滩。

另一个屏风显示的是骑士或贵族的队伍,其中有船长少校和一大批随行的奴隶和仆人。

屏风右侧是一群传教士,可以看到身着黑衣的耶稣会士正在迎接新来者。有时还能看到教堂或修道院,里面有牧师在做弥撒,还有日本的基督徒。

一些屏风还展示出一位日本母亲将儿子抱在怀里,以便小孩子能看到这些异国人;或者父母亲指着那些外国人给自己的孩子看。

在一些屏风上,游行队伍里还包括装有猎鹰、金刚鹦鹉、孔雀、野猫、老虎、羚羊和其他印度动物标本的笼子。葡萄牙人把这些东西拿去献给大名。

有时屏风能凑成一对,其中一个展示葡萄牙船只离开果阿或澳门,另一个则展示船只抵达日本,以及传教士对下船同胞的欢迎。

漆器

日本人不大制作大型的家具,而节省的时间和精力则用于精心制作小书架、书柜、盒子、碗和托盘等物品。他们通常在一个木制品上,逐层涂上一种特殊的被称为漆树汁的树

南蛮屏风，葡萄牙国家古代艺术博物馆展览。葡萄牙文化遗产总局路易莎·奥利维拉、若泽·保罗·鲁阿斯供图。

脂。他们通过提取漆树的汁液来获得这种物质,一般漆树干会在每年六月至十一月之间流出汁液,但质量最好的生漆产在八月份,与煤尘混合后,就变成了黑色。有了龙血树的汁液,生漆就变成了红色。金、银或锌颜料常常被添加到非常精致的绘画中,其中也添加了珍珠、贝壳等碎片。清漆防水并抗腐蚀。葡萄牙人非常喜欢这种实用、坚固而有光泽的材料,他们订购了一批火药袋、保险箱、念经架、行李箱、椅子、箱子、柜台、剑柄等,并在上面全都涂上了"神奇"的漆层。从此这类工艺产品都被称为漆器。

至于漆器上的装饰,传教士们提出了特殊要求。这种想法也影响了大名们,他们开始在其个人物品上加入家族的徽标。

火药袋,葡萄牙国家古典艺术博物馆藏。
葡萄牙文化遗产总局路易斯·帕旺供图。

保险盒，葡萄牙国家古典艺术博物馆藏。葡萄牙文化遗产总局卡洛斯·蒙泰罗供图

念经架，葡萄牙国家古典艺术博物馆藏。文化遗产总局若泽·佩索阿供图